魔法遣いは魔王の蜜愛に笑
手を伸ばして角を撫で、降り注ぐ光を浴びて黄金に輝く髪を掻き乱した。
「約束、します。残された日々は、アスラのために」
返答に口づけを添えて、アスラの背を抱く手に力を込めた。

魔法遣いは魔王の蜜愛に篭絡される

真崎ひかる

23650

角川ルビー文庫

目次

口絵・本文イラスト／明神 翼

魔法遣いは魔王の蜜愛に篭絡される

《○》

頭上で大樹の枝がザワザワと揺《ゆ》れ、ふと顔を上げた。

風は吹《ふ》いていない。

枝にとまり羽を休めていたらしい小鳥たちが「チチチ」と鳴き声を上げ、なにかに急《せ》き立てられるように一斉《いっせい》に飛び立つ。

その小鳥の群れと入れ替《か》わるように、真っ黒な翼《つばさ》を広げた鳥が空から舞《ま》い降りてきた。

「……ジズ」

『ヤシャ。客が来る』

人には、『森の賢者《けんじゃ》』と呼ばれることもあるジズは、森の守護でもある。日課の偵察《ていさつ》中に『客』を見かけたに違《ちが》いない。

「ああ。わかっています」

肩《かた》にとまったジズが耳元で話しかけてきたのに答えて、小さく息をついた。

森のざわつき具合だけでなく、小鳥の慌《あわ》てようからも、間もなくやって来る訪問者の正体は推測できる。

日々の平穏《へいおん》を乱すあの存在は、歓迎《かんげい》できるものではないのだが……。

もう一つ吐息《といき》を零《こぼ》したのとほぼ同時に、背後から低い声で呼びかけられた。

「ヤシャ。出迎《でむか》えか」

「偶然《ぐうぜん》、外に出ていただけです」

振《ふ》り向きながら口にすると、視界の端《はし》に光が過《よぎ》る。わずかな木漏《こも》れ日をも弾《はじ》く、眩《まばゆ》いほどの輝《かがや》きを放つ黄金色《こがねいろ》の髪《かみ》だ。ゆるやかな曲線を描《えが》き、ふわりと風に揺れて、柔《やわ》らかな光を内包しているようにさえ見える。

視線を合わせないよう、ちょうど目の前にある豪奢《ごうしゃ》な刺繍《ししゅう》が施《ほどこ》された衣装の襟元《えりもと》に目を留めて、言葉を続けた。

「あなたが自らお出ましとは、御用《ごよう》はなんですか」

「あなただなんて、水臭《みずくさ》い呼び方だな」

低い声と共に、目前に大きな手が伸《の》びてきた。身を逃《に》がす間もなく、一本に編んでいる腰《こし》まである長い髪をその手に捕《と》らえられる。

「相変わらず美しい髪だ」

どの口が言うか、と無言で眉《まゆ》を顰《ひそ》める。

自身こそ、目にした者すべてを瞬時《しゅんじ》に魅了《みりょう》する唯一無二《ゆいいつむに》の「美しい髪」という賛辞を、聞き飽《あ》きるほど浴びているだろうに。

反して自分の髪は硬《かた》く、闇《やみ》を吸い込んだような漆黒《しっこく》だ。この人物が有するものとは、対極と言ってもいい。

目を眇《すが》めたヤシャは不機嫌《ふきげん》を隠《かく》すことなく、淡々《たんたん》とした声で答えを得られなかった質問を繰《く》り返した。

「……魔王《まおう》、ご用件は？」

「チッ。名で呼べ。そうでなければ、手を放さん」

小さく舌打ちをしたかと思えば、手に捉《とら》えたままの髪の束をクッと軽く引かれる。

緩《ゆる》く眉根を寄せたヤシャが仕方なく顔を上げると、目を覗《のぞ》き込むようにして視線を絡《から》ませてきた。

間近に迫《せま》るその瞳《ひとみ》は、言葉で言い表すことが困難な色合いだ。

夕刻の空、鮮《あざ》やかな緋色《ひいろ》から夜に向かうわずかなひと時を映す紫水晶《むらさきずいしょう》の輝きのように、蒼《あお》と藍《あい》と茜《あかね》の狭間《はざま》で揺らめく。儚《はかな》げで美しいのに、その根に猛烈《もうれつ》な毒を持つ鳥兜《とりかぶと》の花弁の色にも似ている。

至近距離《きょり》で、ヤシャの瞳を見詰《みつ》める意図は……。

「……見詰めても無駄《むだ》です。私にはあなたの瞳の魔力は無効だと、何度も申し上げているはずですが」

目を細めて口にしたヤシャに、周囲のすべてを圧倒《あっとう》する空気を纏《まと》う美貌《びぼう》の主は、尊大な微笑《びしょう》を滲《にじ》ませて答えた。

「ふ……わかってる。今日は効くかもしれんと、試《ため》すくらいはいいだろう」

魔王の瞳は、その美しさに反して……いや、美し過ぎるが故《ゆえ》か『猛毒《もうどく》』にも等しい魔力を帯びている。

魔族も人も、視線を絡ませるだけでその魂《たましい》まで魅了し、恍惚《こうこつ》に陥《おとしい》れて意のままに操《あやつ》ることも可能だ。

「効くはずもないのに、飽きもせず……」

ただし、唯一の例外が魔族でも人でもないヤシャだ。

魔法遣《まほうつか》いと呼ばれる自分は、魔族と人との中立に位置していることもあり、人の薬も毒も、魔族の魔力も一切《いっさい》効かない。

ヤシャに自身の魔力は無効だとわかっているはずなのに、顔を合わせるたびに懲《こ》りもせず試そうとするのは戯《たわむ》れか。

憂鬱《ゆううつ》な響《ひび》きのヤシャの苦言に、魔王は笑って首を横に振った。

「飽きるものか。相変わらず、おまえの瞳は美しい。限りなく黒に近い、深い紺碧《こんぺき》……夜明け前、最も空気が清涼《せいりょう》な刻の空の色だ」

「美しいものをご覧になりたければ、鏡を眺《なが》めればよろしいものを」

ふん、と顔を背《そむ》けて目を逸《そ》らす。

魔王の魔眼による魅了は、効かない。それでも、間近で至高の輝きを放つ瞳を見詰めるのに、なにも感じないわけではないのだ。

毒気は、可能な限り遠ざけるべきだろう。

「魔王はお暇《ひま》なんですか」

「……名で呼べと言っているだろう」

「子どものようなことを……」

わざとらしくため息をついてみせると、横に向けていた顔を戻《もど》して向き直る。頭一つ高い位置にある端整《たんせい》な顔を見上げたヤシャは、渋々《しぶしぶ》と望みに答えた。

「アスラ、ご用件をどうぞ」

望むまま名前で呼びかけたヤシャに、楽しそうな笑《え》みを浮《う》かべて言い返してきた。その笑みも、見る者の目を惹《ひ》きつける至極煌《しごくきら》びやかなものだ。

「ふ……嫌《いや》そうな顔もいい。無の表情より、遥《はる》かに魅力的だ」

「アスラ」

「はいはい。用件な」

いつまで言葉遊びに興じる気だと、批判を込めてヤシャが睨《にら》むと、ようやく手を引いて……視線を泳がせた。

本人に自覚があるかどうかは不明だが、今この場で『用件』を考えていることが丸わかりだ。

「あー……そうだ。見回りだ」

「そうだ？　散々考えて、捻《ひね》り出した理由がそれですか」

呆《あき》れの滲む感想を零したヤシャに、アスラは悪びれるでもなく「ああ」と、うなずく。少し背を屈《かが》め、ヤシャの耳元に口を寄せた。

「では、正直に言おうか。……ヤシャに会いたかった」

「ッ……！」

言葉の終わりと同時に耳殻《じかく》を軽く齧《かじ》られて、ビクッと身体《からだ》を震《ふる》わせる。

ヤシャがアスラの肩を押し戻そうとするより先に、アスラの背後から呆れたような声が聞こえてきた。

「アスラ様。また、わざわざヤシャ殿《どの》を怒《おこ》らせるようなことをして……。ヤシャ殿に睨みつけられるのは、それほど快いので？」

「……マスティマ。妙《みょう》な言い回しをするな」

「それは失礼しました」

アスラに苦言を呈《てい》したのは、武官であり文官でもある側近だ。

魔王のアスラに仕える存在だが、幼少期から共に育ったこともあり主従というよりも親族のものに近い。

魔族に人のような血縁者《けつえん》は存在しないので、その表現は少しばかり違和感《いわかん》があるけれど、ヤシャの目には互《たが》いの信頼《しんらい》関係と親しさは特別なものに映る。

「黒髪に触《ふ》れたいのなら、身近に嫌がることのない絶好の対象がいるのでは？」

アスラよりも少し背の低いマスティマをチラリと横目で見遣《みや》り、そちらに触れればいいだろうと促《うなが》す。

マスティマの頭髪《とうはつ》は、長さは異なるが自分と同じく黒い。黒髪が好みならば、マスティマを選択《せんたく》すればいいのだ。嫌がる自分とは違《ちが》い、どこまでも従順に気が済むまで触れさせてくれるだろう。

「マスティマ？　手触《てざわ》りが全然違う。つまらん」

フンと尊大な態度で鼻を鳴らしたアスラに、背後のマスティマは自分に非があるかのように金色の目を伏《ふ》せる。

「ヤシャ殿には申し訳ありませんが、俺では代用にはならないようです」

「……マスティマが謝ることではありません」

小さく息をついたヤシャは、木漏れ日を弾く金色の髪を見上げて眉を顰める。

自分は、アスラに魅了されることはない。それでも、魔族のみならず人にも希少なこの黄金色の髪は、やはり美しいと思ってしまう。

初めての接見の場となったアスラの即位《そくい》式《しき》の際も、ヤシャの知る先代、先々代の魔王より際《きわ》立《だ》つ輝《かがや》きを纏っていると感じたものだ。

「同じようなやり取りを繰り返して、二十年です。そろそろ飽きませんか」

「まさか。二十年前も今も、ヤシャは相変わらず美しい」

「…………」

ヤシャはニコリともせず顔を背け、無愛想極《きわ》まりない深いため息で返事をしたにもかかわらず、アスラは上機嫌で「横顔もいいな」と声を弾《はず》ませる。きっと目を細め、頬《ほお》も緩めているに違いない。

あの日から変わらず、どれほど袖《そで》にされても飽きることも懲りることもなく口説いてくるアスラは、唯一《ゆいいつ》意のままにならないヤシャにムキになって執着《しゅうちゃく》しているだけだろう。一度でもアスラの望む反応をすれば気が済むのかもしれないが、そうした振《ふ》る舞《ま》いはヤシャの矜持《きょうじ》が許さない。

無表情を繕《つくろ》い、複雑な内心を隠すヤシャの肩《かた》で、アスラとヤシャの応酬《おうしゅう》を傍観《ぼうかん》していたジズが『クク』と低い笑い声を零《こぼ》した。

生を受けて三百年ほどになるヤシャよりも更《さら》に長く生きるジズには、心の内側まで見透《みす》かされているようで、胸がざわつく。

「ジズ……なにが可笑《おか》しいんですか」

『二十年前と変わらないのは、アスラだけでなく其方《そなた》もだ、ヤシャ』

忌憚《きたん》のない一言に、ムッとしてジズから顔を背ける。

すると今度はアスラに向き合うことになり、極上の笑みを向けられてますます眉間《みけん》に刻んだ皺《しわ》を深くする。

「残念なのは、たまには笑顔を見たいが……一度くらいはあったか？」

「俺が目にしたことは、ありませんが」

話を振られたマスティマは、遠慮《えんりょ》がちに答えた。

マスティマは、護衛を兼《か》ねてほぼ常にアスラに寄り添《そ》っている。

そのマスティマがヤシャの笑顔を知らないとなれば、アスラも笑いかけられたことはないという結論に達したようだ。

「減るものでもないだろう。笑え」

高慢《こうまん》な響きで笑うよう命じられ、絶対に言いなりになるものかと意固地になったヤシャは眉《まゆ》を顰《ひそ》めて言い返した。

「……お断りします。理由がありません」

「ははっ、理由があればいいんだな」

不機嫌《ふきげん》な顔を見せられることのなにがそれほど楽しいのか、笑みを消すことのないアスラの紫水晶《むらさきずいしょう》の瞳《ひとみ》を睨みつける。

それを待っていたかのように視線が絡《から》み、ほんの一ミリも口角を上げるものかと唇《くちびる》を引き結んだ。

「睨みつける顔も、美しいな。実にいい。ん……ヤシャに睨みつけられるのが快いという、マスティマの言葉を否定できないか」

自分の言葉に「くくっ」と肩を震わせるアスラを、呆れを隠《かく》さず横目で見遣る。

稀有《けう》な美しさも、傲慢《ごうまん》なようでいて必要以上に威圧《いあつ》しようとしない魔王《まおう》らしからぬその気質《きしつ》も……この二十年なに一つ変わらないのは、アスラのほうだ。

あれは、森にその年初の雪が舞った日だった。

《一》

齢《よわい》二十となった新たな魔王が、即位する日。

ヤシャは招待された即位式へ出向くため、魔族の支配する北の地を百年ぶりに訪《おとず》れた。

魔族と人は古《いにしえ》より幾度《いくど》となく諍《いさか》いを繰《く》り返しながら、現在は互いに不可侵《ふかしん》の和平協定を結んでいる。

ヤシャの住処《すみか》がある広い森を挟《はさ》み、人と魔族の住処が分断されているのだ。

いわば森は緩衝《かんしょう》地帯であり、ヤシャは魔族と人のどちらにも与《くみ》することのない中立の立場を取っている。

それはヤシャが『人』とも『魔族』とも異なる、『魔法遣《まほうつか》い』と呼ばれる存在であることが理由だ。

人と魔族に揉《も》めごとがあればヤシャが仲立ちしなければならないのだから、新たな魔王は好戦的な気質でないことを願おう。

手間を取られる面倒《めんどう》ごとは、一つでも少ないほうがいい。

『ヤシャ。城の場所は記憶《きおく》しているか』

頭上を旋回《せんかい》するジズに答えながら髪《かみ》の先を軽く振って、背後から近づこうとする低級魔を払《はら》い除《の》けた。

「触れるな」

「無論」

こうして低級魔が纏《まと》わりついてくることがわかっていたので、普段《ふだん》は邪魔《じゃま》になるのを厭《いと》うて編み込んである長い髪を解いている。

一つ払ったかと思えば、間を置かず別の低級魔が近づいてきた。魔族ではないヤシャが、物《もの》珍《めずら》しいのだろう。

チリチリと肌《はだ》を刺《さ》すような、こちらに向けられる『邪気』が不快だ。

「際限なく、うようよと」

忌《い》ま忌ましく零して横目でチラリと見遣ったソレは、黒い靄《もや》のようにふわふわと空中を漂《ただよ》っている。

実体を持つことさえかなわない、下等な魔だ。

魔族は力が強いほど、姿形が人と見分けのつかないものになる。魔王やその側近だと、麗《うるわ》しい容姿を有することさえある。

「さて、新たな魔王はどのような毒を帯びているのやら」

魔の持つ美は、ある意味猛毒《もうどく》だ。

ヤシャが知っているのは、先々代と先代の魔王だが、どちらも禍々《まがまが》しい美しさを誇示《こじ》して魔族を魅了《みりょう》し、絶対権力者として君臨していた。

始祖の容姿が受け継《つ》がれる魔王の成り立ちを考えれば、外見は、きっとさほど変わらない。誕生直後に目にしたきりだが、髪の色は先代と同様だった。

「まぁ、問題は内面か」

堅《かた》く閉じられた城門の前で足を止めたヤシャは、到着《とうちゃく》を知らせるため城に向かって飛んで行くジズを見送って小さく息をついた。

新魔王がどんな容姿でも、ヤシャには関係ない。

ただ、有事のたびに面倒ごとに巻き込まれる身としては、人に無関心かつ非好戦的な気質であればそれでいい。

「人の言う魔城という呼び名、そのものだな」

目前に聳《そび》える城を仰《あお》ぎ、かすかに頬を緩《ゆる》めた。

代替《だいが》わりしても、北の果てに位置する魔王の居城の佇《たたず》まいは変わらない。くすんだ石を積み上げた威風堂々《いふうどうどう》とした頑健《がんけん》な造りだ。

見張りのための高い塔《とう》の先端《せんたん》には、翼《つばさ》を持つ魔族が羽を休めるための止まり木を兼ねた鉄の杭《くい》が突《つ》き出している。

残虐性《ざんぎゃくせい》が際立《きわだ》っていた先々代の魔王は、『魔王討伐《とうばつ》』のため襲撃《しゅうげき》してきた人を返り討《う》ちにした上であの鉄杭に突き刺して、晒《さら》しものにしていたのだが……。

「魔法遣い殿《どの》ですか」

ぼんやりと頭上を見上げていたヤシャは、門の陰《かげ》から声をかけられたことでハッとして仰向《あおむ》けていた顔を戻《もど》した。

自分と同じくらい黒い髪、金の瞳の青年が立っている。一見『人』と見紛《みまが》う容姿と雰囲気《ふんいき》だが、こちらを窺《うかが》っていた低級魔が怯《おび》えたように退散したことから相当な力を持つ魔族だと察せられる。

「……ええ」

「お待たせしました。ご案内します」

門を開いてヤシャを城内に招き入れると、数歩先を歩き出した。

仕立てのいい服を身に着けている。腰《こし》には長剣《ちょうけん》を携《たずさ》えていることから、武官……衛兵だろうか。

それにしては、立ち居振《ふ》る舞《ま》いに粗《そ》野《や》な印象がない。これでもし人ならば、高位の貴族然とした……。

青年は、前を行く背を眺《なが》めて人物像を見極《みきわ》めようとするヤシャの視線を感じたのか、まるで思考を読んだかのように歩を緩めて振り向いた。

「ああ、名乗りもせず失礼しました。マスティマと申します。新たに即位される魔王の側近です。武官と文官も兼《か》ねておりますので、このような装備もご容赦《ようしゃ》ください」

帯刀した長剣の柄《つか》をチラリと見遣《みや》り、「ほぼ飾《かざ》りです」と静かに口にする。

己《おのれ》の力をひけらかすのではなく、逆に過小に見せようとする言い様は魔族には珍しい。

新魔王の即位《そくい》式《しき》に臨《のぞ》むのはあくまでも義務であり、一言祝いを述べて退散するつもりだった。

魔族とは無駄《むだ》な言葉を交《か》わす気はなかったのだが、マスティマと名乗った魔族性の存在らしからぬ青年に興味が湧《わ》く。

「武官と文官を兼任《けんにん》されるのは、珍しいのでは」
・少なくとも、先代と先々代の魔王は役目を分けていた。それ以前に、きちんとした文官を置くことさえしていなかった気もするが。
「魔王は、多くの側近を従えることを好みませんので」

マスティマに続いて城内に入ると、くすんだ石造りの廊下《ろうか》に、カツカツと二人分の足音が響《ひび》く。

確かに、城門からここまでの間で目についたのは、城の扉《とびら》を守る甲冑《かっちゅう》に身を包んだ衛兵が四名のみだ。

城内は、即位式当日とは思えないほど静かだ。権力を誇示するための、盛大な祝賀の会が催《もよお》される雰囲気でもない。

「こちらです」

マスティマが足を止めたのは、出入り口に目隠《めかく》しを目的とした赤い布の垂れ下がった一室の前だ。

謁見《えっけん》の間……か。

先代の王の即位時も、ここで謁見した。享楽的《きょうらく》で贅《ぜい》と色と肉を好む質だった前王は、攫《さら》ってきたのか生け贄《にえ》として捧《ささ》げられたのか、多くの魔族や人の娘《むすめ》に囲まれて酒池肉林としか表現しようのない宴《うたげ》の真っ最中だったのだが……。

挨拶《あいさつ》をしたヤシャをチラリとも見ることなく「魔法遣いか。心して我に仕えよ」とだけ口にして酒を呷《あお》る姿は、魔王の特性として煌《きら》びやかな美形ではあったけれど『魔』を体現した実に醜《みにく》いものだった。

さて新魔王は、と小さく息を吸い込んだところで、バサバサと有翼魔《ゆうよくま》らしい羽の音が聞こえてくる。

「……っ、髪《かみ》を引っ張るな。空も護《まも》りが固められていただろう。どうやって城に入り込んだのか知らんが、命知らずな鳥だ」

鳥？　この羽音には、聞き覚えがある。

まさか、と眉《まゆ》を顰《ひそ》めたと同時にマスティマの手が赤い布を掻《か》き分けた。

「魔法遣い殿が到着しました」

今まで隠されていた赤い布の向こう側、室内に視線を向けた直後、ヤシャは視界に飛び込んできた様子に目を瞠《みは》る。

漆黒《しっこく》の梟《ふくろう》と、窓から差し込む光を弾《はじ》いているのは……金の髪。

纏わりつく黒い翼に隠れてハッキリと目視できないが、金の髪を有する魔族など『魔王』しかあり得ない。

「ジズ」

小さく名を口にすると、真っ黒な梟がこちらに向かって飛んできた。咄嗟《とっさ》に差し出したヤシャの腕《うで》にとまり、首を上下させる。

『待ちくたびれたぞ、ヤシャ』

ヤシャの到着を伝えるため飛んで行ったきり姿を見せないので、どこで何をしているのかと思っていたら……魔王にジャレついているとは、予想外もいいところだ。

「なんだ。おまえの遣《つか》い魔《ま》か」

「私の眷属《けんぞく》です」

目を瞬《しばたた》かせていたヤシャは、豪華絢爛《ごうかけんらん》な装飾《そうしょく》が施《ほどこ》された大きな椅子《いす》に腰掛《こしか》けている相手から尋《たず》ねられたことに、ぼんやりと言い返す。

玉座に鎮座《ちんざ》しているのだから、城の主だ。

ぼんやりしている場合ではないと我《われ》に返り、慌《あわ》てて姿勢を正して顔を伏《ふ》せたけれど、時すでに遅《おそ》し。

「ふ……ん。一足先に寄越《よこ》したのは、おまえの差し金か」

ジズに纏《まと》わりつかれていた時は、小動物と戯《たわむ》れているかのように笑《え》みを含《ふく》んだ声だったのだが、今は低く感情を抑《おさ》えたものだ。

ヤシャが意図して遣い魔を先遣《せんけん》したのかと、訝《いぶか》しんでいる。

足元に視線を落としたヤシャは、自分が遣い魔に偵察《ていさつ》を命じたわけではないと否定する。

「とんでもないです。大変な失礼を致《いた》しました」

ジズは、なにを考えている？

外見こそ黒い梟だが、ヤシャよりも遥《はる》かに長く生き、魔王がどのようなものか熟知しているはずだ。

魔王の神経を逆撫《さかな》でして機嫌《きげん》を損《そこ》ねれば、いくら普通《ふつう》の鳥や一般《いっぱん》的な魔鳥より強健なジズでも、身の危険に晒されることになる可能性がある。

実際はほぼ対等な関係だが、傍《はた》から見れば従えている形となっているヤシャにとっても、不利益となるのは確実で……。

新魔王の気質《きしつ》がまったくわからないヤシャに、これまでにない緊張《きんちょう》が込み上げてくる。

受け答えを誤った瞬間《しゅんかん》、首を刎《は》ねられる……ということはないと思うが、残虐性の際立っていた先々代を思い起こせば絶対にないとは言い切れない。

奇妙《きみょう》な沈黙《ちんもく》は、やけに長く感じた。

「ふ……ん」

座していた魔王が、立ち上がったようだ。サラリという衣擦《きぬず》れに続き、チャリチャリと衣装に施された装飾の擦《こす》れる音が近づいて来る。

視界の端《はし》に爪先《つまさき》が映り、次に何が起きるかと神経を研《と》ぎ澄《す》ましたヤシャは軽く奥歯を噛《か》み締《し》めた。

「顔を上げろ」

短く命じられ、覚悟《かくご》を決めた。

なにがどうなろうと、事が起きてから対処するしかない。万が一首を刎ねられても、自分なら人のように即死《そくし》することもなければ低級魔のように霧散《むさん》するでもなく、少しばかり再生に時間がかかるだけだ。

「…………」

ゆっくりと顔を上げたヤシャは、予想より距離《きょり》を詰《つ》めて立っている魔王と至近距離で視線を交わした。

光を集めているというより、そのものが発光しているかのような眩《まばゆ》い金色の髪は、ふわりと曲線を描《えが》いて柔《やわ》らかそうだ。こちらを見下ろすのは、不純物を含まない希少な紫水晶《むらさきずいしょう》を思わせる澄んだ瞳《ひとみ》。

……違《ちが》う。歴代魔王と変わらないだろうと予想していたけれど、同一とは言えない。

強力な魔力を有していることを示す容姿は、ヤシャが知る先代や先々代の魔王とは比較《ひかく》にならない極上《ごくじょう》の麗《うるわ》しさだった。

人の双生児《そうせいじ》であっても、成育環境《かんきょう》や性格によって異なる成長過程を辿《たど》り、長じるにつれて外見も分かたれる。

それは知っていても、『魔王』の印象がこれほどまで異なるとは想定外だった。髪の色と瞳の色は、歴代魔王と同じようでいて色調の深みが違う。容貌《ようぼう》も、一見しただけでは似通っていると思ったが、放つ気が別物だ。

切れ長の涼《すず》しげな目元、鼻筋はスッと通り、仄《ほの》かに血色を帯びた唇《くちびる》は何故《なぜ》か微笑《びしょう》を浮《う》かべている。

視線を絡《から》ませたまま、どれくらい時間が経《た》ったか……。

「魔法遣い。名は」

静かに尋ねられて、スッと視線を逸《そ》らした。

胸の奥が苦しい……のではなく、心臓が早鐘《はやがね》を打っている？

大抵《たいてい》のことでは乱れることのない鼓動《こどう》が、いつになく速度を増していることに気づき、身体《からだ》の脇《わき》で拳《こぶし》を握《にぎ》った。

いくら相手が魔王とはいえ、誰《だれ》かと対峙《たいじ》してこれほどの緊迫感《きんぱくかん》に包まれたのは初めてだ。

あの、瞳が原因かもしれない。深淵《しんえん》まで覗《のぞ》き込むような、蠱惑《こわく》的な色味の稀有《けう》な瞳は劇薬にも等しい魔力を湛《たた》えていた。

常に冷静沈着を心掛《こころが》け、所用で訪ねてくる『人』に優美な佇《たたず》まいも含めて凍《こお》りついた湖のようだと言われることもある。

そんなヤシャの心に、目を合わせるだけでさざ波を立てた。気を抜《ぬ》けば、圧倒《あっとう》的な『魔』に覆《おお》い尽《つ》くされそうだ。

握り締めた拳に力を入れて、意識を保つ。

「……ヤシャと申します」

ただ、魔王の問いに答える声には動揺《どうよう》を滲《にじ》ませなかったつもりだ。

引けば負けというわけではないが、怯《ひる》んだ姿を見せるのは、三百年近く生きる魔法遣いとしての矜持《きょうじ》が許さない。

全身全霊《ぜんれい》で反発するヤシャに気づいているのか否《いな》か、魔王は気負いを一切《いっさい》感じさせない軽い口調で言葉を続けた。

「ヤシャか。俺はアスラだ」

「ッ」

驚《おどろ》きのあまり、ピクリと拳を震《ふる》わせる。

人もそうだが、魔族にとっても名は容易《たやす》く教えるものではない。相手の名を使い、意のままに操《あやつ》ることが可能な魔族もいるせいだ。

人の中でも、鍛錬《たんれん》を重ねた聖職者と呼ばれる地位の者の一部であれば、人ならざる特殊《とくしゅ》な力を使うこともできる。

ただ……魔王ならば、そのような懸念《けねん》はないか。この、傍《そば》にいるだけで全身が震えるような強烈《きょうれつ》な『魔』を凌《しの》ぐ魔族や人など、存在し得ない。

ヤシャの名を掌中《しょうちゅう》に捉《とら》えた魔王は、それをどうする気か。身を硬《かた》くして出方を窺《うかが》っていると、伸《の》びてくる手が視野に映った。

「……美しい」

「は……？」

予想もしていなかった一言と共に一筋の髪《かみ》を長い指に搦《から》め捕《と》られ、間の抜けた声を零《こぼ》してしまった。

思わず顔を上げると、ヤシャより頭一つ半ほど高い位置にある紫水晶の瞳と、再び視線がぶつかる。

「気に入った。魔法遣い……いや、ヤシャ。俺のものになれ」

真っ直《す》ぐにヤシャの目を覗き込み、傲慢《ごうまん》な響《ひび》きで言葉を紡《つむ》ぐ。

あまりにも想定外な出来事に硬直《こうちょく》し、思考が停止する。しばらく息さえ詰めていたけれど、これはもしや口説き文句なのではないかと思い至ったのとほぼ同時に、左肩《ひだりかた》に居所を移していたジズが『ククク』と低く笑った。

「ずいぶんと悪趣味《あくしゅみ》なお戯れを」

ようやく喉《のど》の奥から絞《しぼ》り出すことができたのは、耳にした言葉に対して半信半疑であることを隠《かく》せない、力ない声だった。

なんとか押し殺しているヤシャの動揺は、ジズには伝わっているはずだ。またしても、肩口で『クッ』と零している。

視線を逸らすことのない魔王《まおう》は、ヤシャの髪を指に絡めたまま、わずかに目を細める。

「本気だ。なにものにも染まることのない漆黒《しっこく》の髪も、夜更《よふ》けの空を思わせる闇《やみ》色とはわずかに異なる瞳も、実に美しい」

この世の美をすべて集約して体現しているかのような存在が、なにを思って黒いばかりの自分を「美しい」と？

平静を保つことが困難になり、言葉もなくじわりと眉《まゆ》を顰《ひそ》めたヤシャに、魔王は笑みを深くする。

「やはり、効かんようだな。……ますます気に入った。魔《ま》法遣《ほうつか》いとは、否応《いやおう》もなく関《かか》わることになる。それがヤシャで幸いだ」

なにが、効かない？

意味のわからないヤシャをよそに、独り言《ご》ちて楽し気に笑む表情は、極上の獲物《えもの》を前にした捕食者《ほしょくしゃ》のようだ。

あまりにも美しく、だから禍々《まがまが》しい。

接近する魔王から距離を取ろうと足を引きかけたのを察したように、髪を絡めていた指が耳の脇に差し込まれる。大きな手に頭を摑《つか》まれて動きを制されたかと思えば、更《さら》に顔を寄せてきた。

「ぁ」

避《よ》ける間もなく唇を重ね合わせられ、ビクリと肩を震わせる。

逃《に》げなければ。でも……手も足も、指先さえ動かない。

ふっと肌《はだ》を撫《な》でた吐息《といき》と、固く引き結んだヤシャの唇を軽く舐《な》め濡《ぬ》らした舌は、甘く……危険だ。

「ッ！」

唇を辿る濡れた感触《かんしょく》に、ビリッと痺《しび》れるような衝撃《しょうげき》が全身を駆《か》け抜け、ようやく硬直が解けた。

不意打ちだったとはいえ、無抵抗《むていこう》に等しい状態だった自分に、身体の奥から熱い憤《いきどお》りが湧《わ》き上がってくる。

「……毒気を浴びせないでいただきたい」

無造作に身体を押し戻《もど》したヤシャに、魔王が気分を害した様子はない。失敬な台詞《せりふ》も無礼な振《ふ》る舞《ま》いも、すべて愉快《ゆかい》だとばかりに笑《え》んでいる。

「マスティマ。見たか。拒《こば》まれた。拒まれた……と言いつつ上機嫌《じょうきげん》だ。

両手を胸の位置に上げ、拒まれた……と言いつつ上機嫌だ。

間近で煌《きら》めく笑顔を目にしたヤシャの頭に、無邪気《むじゃき》というおよそ『魔王』には似つかわしくない一言が思い浮かび、眉根を寄せて振り払《はら》った。

「そのようですね」

背後から聞こえてきたマスティマの声に、チラリと振り返った。完全に気配を殺して、すぐ傍《そば》に控《ひか》えていたらしい。

「目を逸らされたのは、初めてだ。ヤシャには、魔眼の効力が通じないらしい」

「口づけを、毒だと反発されたのも初めてでは」

「ああ、それもそうか」

浮かれた様子を隠そうともしない魔王に、淡々《たんたん》と答えている。側近という以上に親し気なやり取りは、まるで友との会話だ。

「……魔眼？」

つぶやきは誰に尋《たず》ねたというつもりではなかったが、ヤシャの声が聞こえたらしいマスティマが小さな疑問の答えをくれる。

「魔王と目が合うと、誰もが魂《たましい》を奪《うば》われるのです。人も魔族も、すべてを魅了《みりょう》する魔力を帯びていますが……魔法遣い殿《どの》には効果がないようで」

「私には、すべての魔力が無効です。人の聖職者が用いる呪文《じゅもん》も、通用しません。魔王とて例外ではないのでしょう」

なるほど。魔眼か。あの瞳《ひとみ》には、どんな『魔』が含《ふく》まれていても不思議ではない。

魔王の口づけを即座《そくざ》に拒むことができなかったのは、初めて接する種の『魔』に心身が対応できなかったからだろう。

年若い魔王に気圧《けお》されたなど屈辱《くつじょく》でしかないと、自身に腹立たしさを感じていた。

だが、それならば動けなかったのも道理だ。自分らしくない失態の原因を知り、密《ひそ》かに安堵《あんど》する。

「ご挨拶《あいさつ》は済みましたので、私は引きます。御用《ごよう》があれば、森に遣いを寄越《よこ》してください。失礼します」

義務である新魔王との目通りは終わったのだから、長居は無用だ。一秒でも早く、この場から離《はな》れたい。

一礼して踵《きびす》を返しかけたところで、魔王の声が追いかけてくる。

「ヤシャ。俺のものにするからな」

「無駄《むだ》です」

もう、無礼だとか考えていられない。微塵《みじん》も気を遣うことなく言い返して、完全に背を向けた。

そんな態度さえ愉快だと、「ははっ」と聞こえてきた魔王の軽《かろ》やかな笑い声が語っている。

ヤシャは足音高く石造りの廊下《ろうか》を歩きながら、袖口《そでぐち》でゴシゴシと唇《くちびる》を擦《こす》った。

三百年近く生きてきて、あんな接触《せっしょく》は初めてだ。

人とも魔族とも、一定の距離《きょり》を置いて接してきた。

なにより、『魔法遣い』に触《ふ》れたがる物好きなどいなかったのだから、腕《うで》や肩にとまるジズ以外の体温など想像したこともない。

押しつけられた唇の、やわらかな感触の余韻《よいん》がいつまでもそこに漂《ただよ》っていて……何度拭《ぬぐ》っても消えない。

「……なんだ」

なんなんだ、当代の魔王は。あの容姿からしても、魔力はきっと歴代でも最高位だ。なのに、これまでになく……。

「人臭《くさ》いというか、魔族らしくない」

『ククク、なかなか興味深い。我をただの鳥扱《あつか》いして、遊んでいたぞ。先々代は、目に留めるなり丸焼きにしてやるとか言いながら炎《ほのお》を吐《は》いたが』

思わず零した独り言へ反応したジズに、小さくため息をつく。

……どうして、ジズまで楽しそうなんだ？

「気まぐれだ。すぐに飽《あ》きるだろう」

アスラだと気負いなく名乗った魔王の、蠱惑《こわく》的な紫水晶《むらさきずいしょう》の瞳を思い浮《う》かべてしまい、即座に思考の外へ追いやる。

魔眼だと？　そんなもの、自分には効かない。効かない……が、胸の内側を爪《つめ》の先で引っ掻《か》かれたみたいで妙《みょう》に気に障《さわ》る。

なんにしても、恐《おそ》ろしくタチが悪い。

《二》

名を呼ばれて顔を上げると同時に羽音が聞こえ、開け放してある窓から黒い梟《ふくろう》が飛び込んできた。

『ヤシャ！』

乳鉢《にゅうばち》で種子をすり潰《つぶ》していたところだったヤシャは、羽ばたきによって生じた風に巻き上げられた粉を浴びて、嘆息《たんそく》する。

「ジズ、もう少し静かに降りてきてもらいたいのですが」

『おや、すまぬ。それより、森の南で人がうろついている。其方《そなた》に用だろう』

「久々に人の来訪ですか」

森の北は、魔族《まぞく》の領域。南は人の領域と接している。人は魔族とその巣窟《そうくつ》に繋《つな》がる森を恐れ、滅多《めった》なことでは足を踏《ふ》み入れようとしない。

わざわざやって来るとすれば、森に住まう『魔法遣《まほうつか》い』に用がある際だ。

「迷われたら面倒《めんどう》なので、出向きますかね」

ジズの報告を受けたヤシャは、壁《かべ》に掛《か》けてあった黒いマントを羽織り、簡素な木造りの小さな家を出た。

鈍《にぶ》い色の雲に覆《おお》われた空からは、細かな雪が舞《ま》っている。

人に近い外見でありながら人ではないヤシャは、寒暖はあまり感じない。ただ、古くから人が作り上げた『魔法遣い』らしい外見を演出する目的もあって、人前に姿を現す時は黒いマントを身に纏《まと》う。

「ん……人の気配だけではないか」

耳を澄《す》ませば、森の果ての様子も察知できる。うろついているのは、人が二人……それに加えて、魔族の気配もある。

北の地を住処《すみか》とする魔族が森を抜《ぬ》け、南側へと侵入《しんにゅう》するのは珍《めずら》しい。人が魔族に対して恐怖《きょうふ》を抱《いだ》いているのと同じくらい、魔族も人へ警戒心《けいかいしん》を持っている。

わざわざ諍《いさか》いの種を蒔《ま》こうと目論《もくろ》むならともかく、目的もなく人の領地を侵《おか》そうとはしないはずだ。

己《おのれ》の強さを示そうとしてか、ただ単に名声を得たいだけか、不定期に魔族討伐《とうばつ》を掲《かか》げて北の地に押し入ろうとしては無用な揉《も》め事を起こす人とは違《ちが》う。

「人のほうが、余程野蛮《よほどやばん》だな」

魔族は、人とは異質な外見や力から恐れられているだけで、降りかかる火の粉を払うだけなのだ。

るのだが。

ただ、直接対峙《たいじ》すれば人と魔族の力の差は歴然としており、結果的に恐怖心を増すことになる。人の邪心《じゃしん》を糧《かて》とする低級魔は、人そのものが生み出している陰《かげ》の存在なのだが……人は善で魔族は悪と説く彼らが認めることはないだろう。

「あそこか」

日が沈《しず》み、夜の気配が色濃《いろこ》くなった森の外れにランプの光が揺《ゆ》らめいている。目的地である『魔法遣い』の住処に見当はついても、森の奥にまで踏み込む勇気がなく躊躇《ちゅうちょ》しているに違いない。

ヤシャの先を行くジズが、わざとらしく人影《ひとかげ》の前で翼《つばさ》を広げて羽ばたいた。

「……うわぁっ！　ふ、梟？」

「黒い梟……ジジ様の言う、魔法遣いの手先か？」

どちらも、若い男の声だ。黒い梟が『魔法遣い』に関連した存在だということは知っていても、言語を解するとまでは承知していないらしい。

手先呼ばわりが気に障ったのか、ジズは威嚇《いかく》するように大仰《おおぎょう》に羽を動かして、至近距離で二人の周囲を旋回《せんかい》している。

「イテテ、羽で叩《たた》かれたっ」

「俺なんか、爪で髪《かみ》を毟《むし》られたぞっ」

気配を消して様子見をしていたヤシャは、無様に騒《さわ》いでいる二人に苦笑《くしょう》して、そろそろ勘弁《かんべん》してやるかと木の陰から姿を現した。

「そこでなにを？」

「ひっ！」

夜目の利《き》かない人には、突如暗闇《とつじょくらやみ》から生じたように映っただろう。纏わりつくジズを追い払《はら》おうとしていた手の動きを止め、ヤシャに身構える。

「ま……ま、魔法遣いかっ？」

「いかにも。森に用があるのでは？」

感情を含《ふく》めないヤシャの言葉は、氷のように冷たいと言われる。人ならば震《ふる》えて慄《おのの》き、魔族は警戒《けいかい》して距離を取る。

近づかれないように意図して刺《とげ》を纏っているのだが、鈍感《どんかん》を装って接触してはヤシャの神経を逆撫《さかな》でするアスラにだけは通用しない。

「村の年寄りに聞いた。こちらを、引き取ってもらえると……」

若者の一人が、地面に置いてあった金属製の籠《かご》を取り上げる。おそらく聖職者の手によるものだろう、檻《おり》を破られないよう強化する封印《ふういん》が施《ほどこ》されていた。

ランプの光に照らされたのは、鼠《ねずみ》ほどの小型の魔だ。覗《のぞ》き込んで檻を突《つつ》いたヤシャに、瞳《ひとみ》を赤く光らせ鋭《するど》い牙《きば》を剝《む》いて威嚇してくる。

睨《にら》み返すことで魔物《まもの》の興奮を制すると、若者に視線を移した。

「引き取りましょう。報酬《ほうしゅう》は、そちらの海岸で採れる貝殻《かいがら》を籠に一盛りで結構です。ただ、ずいぶんと気が立っているようですが……なにかしら刺激《しげき》しませんでしたか？」

低級魔は、基本的に大人しい。

魔の領域から迷い出たり、人の心から生じたり……人の目に留まる理由は様々だが、ひっそりと人の傍《そば》に身を隠《かく》して悪意や悪夢を糧とする。

危害を加えようとしたか、過剰《かじょう》に悪意に晒《さら》したか。追い詰《つ》めたきっかけがなければ、これほど好戦的にはならないはずだ。

「それは、その……」

言い淀《よど》んだ若者に代わり、少し離《はな》れた位置から無言でヤシャを窺《うかが》っていたもう一人が口を開く。

「この数年、魔物狩《まものが》りの的として飼われていたのだが、ここしばらく急に凶暴性《きょうぼう》が増して……先日檻を抜け出して、牛を三頭食った」

ぼそぼそと語られた内容に、ピクリと指先を震わせる。

害を成す魔物を仕方なく狩るならばともかく、遊興を目的とした戯《たわむ》れの的として囚《とら》われていたらしい。

時おりヤシャが、人というものに対して嫌悪感《けんおかん》を抱く理由は、こういうところだ。強大で明らかに敵《かな》わない相手には遜《へりくだ》るくせに、自分たちが優位に立っていると認識《にんしき》した途端《とたん》、恐《おそ》ろしく傲慢《ごうまん》で残酷《ざんこく》になることがある。

「なるほど。人が喰《く》われなかっただけ幸運だったと、感謝することですね」

目を細めたヤシャは、二人を順に見遣《みや》って冷淡《れいたん》に言い捨てると、金属の籠を手にして踵《きびす》を返した。

『齧《かじ》られればよかったな』

まさか梟が喋《しゃべ》ると思わなかったのか、最後に『阿呆《あほう》』と付け加えたジズの捨て台詞《ぜりふ》に、絶句している気配が漂《ただよ》ってくる。

バサバサと頭上を飛ぶジズの羽音を聞きながら、すっかり夜の帳《とばり》が下りた森の小道を歩いた。

人ならば行く手を照らす光が必要だろうが、ヤシャにとっては目に見えるものがすべてではない。視覚に頼《たよ》らなくても空気の流れで障害物の有無《うむ》を知れるので、難なく歩を進めることができる。

手に持った籠の中で、瞳だけが赤く光る闇色の小さな魔物が『ギィギィ』と唸《うな》り声を上げている。

籠から放てば、本能のまま彷徨《さまよ》うことになるはずだ。人から浴びせ続けられた邪心と、恨《うら》みや憎《にく》しみを蓄《たくわ》え、自ら身を消すこともできずに苦しみながら……。

「ここまでになれば、消滅《しょうめつ》させるしかない」

もう少し早ければ、毒気を抜いて自然に寿命《じゅみょう》が尽《つ》きるのを待つことができた。でも、これほど凶暴化が進んでいれば人にも魔族にも無差別に牙を剝く。

気は進まないけれど、無に還《かえ》してやるほうが苦しむ魔物のためでもある。

『……魔王を呼ぶか』

「朝陽《あさひ》が出てからで構いません」

家の近くの木の枝に、熟しすぎて腐敗《ふはい》間近になった果実があったはずだ。あれは人には毒だが、魔物は微酔《びすい》状態となるので好む。明日には消える運命ならば、せめて最後の晩餐《ばんさん》くらい、つき合ってやろう。

ヤシャは中立であるべき『魔法遣《まほうつか》い』として、人にも魔族にも肩入《かたい》れしない。諍いが起きれば、傍観《ぼうかん》に徹《てっ》する。

でも……時に、人と魔族のどちらがより『醜悪《しゅうあく》』なのだろうと心が揺らぐことがある。

『ヤシャ』

足の運びが遅《おそ》くなったヤシャの肩に舞《ま》い降りたジズが、静かに名を呼びかけてくる。

胸の奥にじわりと湧《わ》いた、人への嫌悪感を見透《みす》かされて咎《とが》められた気分になり、そっと首を左右に振《ふ》った。

「わかっています。天秤《てんびん》は水平に。決して、どちらにも傾《かたむ》けてはいけない。先代の教えは、忘れていません」

ヤシャを育て、『魔法遣い』として如何《いか》に在るべきか心得を説いた先代の言葉は、心に刻んでいる。

無になれと自分に言い聞かせ、右手に提《さ》げた籠の存在を意識外に追い出して、暗闇に沈む小道を真っ直《す》ぐに歩いた。

□□□

「来たぞ、ヤシャ」

予告もなく無遠慮《ぶえんりょ》に扉《とびら》を開け放した訪問者は、振り向いたヤシャと目が合うなり笑いかけてくる。

睨みつけられたにもかかわらず、上機嫌《じょうきげん》で詰め寄ってきた。

「おまえからの呼び出しは久々だな」

目を細め、更《さら》に笑《え》みを深くする。呼びつけた手前、ヤシャが冷たく突《つ》き放せないとわかっていての行動だ。

「……ご足労いただきまして」

頬《ほお》は引き攣《つ》っていると思うが、顔を背《そむ》けるでも睨むでもない、ヤシャにしては最大限ともいえる愛想《あいそ》のよさで答える。

「なんだ、水臭《みずくさ》いな。いつでも呼べばいい。夜中でも飛んでくるぞ」

そう口にしながら伸《の》びてきた手から、さりげなく身体《からだ》を引いて逃《のが》れる。

ヤシャの髪に触《ふ》れようとしたらしいアスラの手は空振《からぶ》りに終わり、不満そうに舌打ちをして笑みを消した。

「髪に触れるくらい許せ」

「見返りを要求するなら、人へどうぞ。……こちらです」

少し遅《おく》れて到着《とうちゃく》したらしく、アスラの背後にマスティマの姿が見える。

目礼をしてきたマスティマに同じ仕草で挨拶《あいさつ》を返し、机の脇《わき》に置いてある籠へとアスラを促《うなが》した。

『久方ぶりだな、マスティマ』

「ジズ……お変わりなさそうで」

背後からは、窓から飛び込んできたジズの羽音が聞こえる。

マスティマの相手は、気が合うらしいジズが進んで買って出てくれるはずなので、早々に用を済ませてしまおう。

「小物だが、纏《まと》う邪気《じゃき》は似つかわしくないものだな」

籠《かご》を覗《のぞ》いたアスラは、魔王に気圧《けお》されてか昨夜とは別物のように身を縮める魔物の姿に、ほんの少し首を傾《かし》げる。

「無用に人に弄《もてあそ》ばれ、非道な扱《あつか》いを受けてきたようですので」

「ああ……魔力を封《ふう》じて無抵抗《むていこう》になった魔物を、寄って集《たか》って追い回す遊びが流行《はや》っているようだな。先日あちらを散策した際に、幾度《いくど》となく目にした」

アスラはさらりと口にしたが、ヤシャは「ん？」と眉根《まゆね》を寄せる。

あちらを散策した、とは聞き流せない言葉だ。

「……また、理由もなく南に出かけたんですか」

アスラが、人に紛《まぎ》れて南の地をうろつくのは今に始まったことではない。

特に目的があるわけではないのに、魔王が自ら南の地を散策するなど、ヤシャの知る限りアスラだけだ。

咎めたつもりではないが、アスラは少し気まずそうに「わけはある」と答えた。

「南から戻《もど》った者から耳にして、この目で確かめたいことがあったんだ。正体を見破られたことはないぞ」

「まぁ、まさか魔王が一人しか側近を連れずにうろついているなどと、思いもしないでしょうけど」

さすがに単身ではなく、マスティマを伴《ともな》っていたはずだ。でも、若者の二人連れが魔王とその側近だと見破ることは、聖職者でも不可能だろう。

特に、アスラのこの外見は……大多数の人が想像する『魔王』像とは、大きく乖離《かいり》しているはずだ。

魔族というよりも、聖職者が崇《あが》める、魔とは対極の存在を具現化したもののほうが近いと思えば、皮肉でしかないが。

「ほら、来い。楽にしてやる」

籠に施《ほどこ》された封印《ふういん》を難なく解いたアスラは、小さな魔物を手のひらに乗せる。両手で包み込み、擦《こす》り合わせたと同時に黒い霧《きり》のようなものが空中に舞った。

魔物の成れの果ては、数秒そこに留《とど》まり……受け止める形で差し出されたアスラの両手のひらに、吸い込まれるように消える。

「終わったぞ」

「……お疲《つか》れ様です」

アスラが魔を吸収する様子は、幾度目にしても不思議な光景だ。圧倒《あっとう》的な力で以《もっ》てねじ伏《ふ》せて屈服《くっぷく》させるのではなく、慈悲深《じひぶか》い行為《こうい》にさえ見える。

アスラ自身は、なにも言わない。ただ、マスティマから聞いたことがある、南の地を散策する『理由』。

物見遊山《ものみゆさん》でうろついているのではなく、北から迷い出たもの、あるいは人から生じて放浪《ほうろう》する『魔』を見つけては回収しているらしい。

そんなところも、ヤシャの知る歴代の『魔王』とは異なる。

空になった籠の上へ、無言でポンと手を置いたアスラの背中を、何気なく見遣《みや》り……違和感《いわかん》に気づいた。

「アスラ、……髪《かみ》が」

「ああ？」

ヤシャのつぶやきに振り向いたアスラは、前髪を一房《ひとふさ》摘《つ》まんで目の前へ翳《かざ》す。煌《きら》びやかな金の髪の毛先が、煤《すす》けたようにくすんでいることは一目瞭然《いちもくりょうぜん》のはずだ。

「そろそろか」

髪の変化を確認《かくにん》してふっと息をついたアスラの瞳《ひとみ》……澄《す》んだ紫《むらさき》水晶《すいしょう》を思わせる輝《かがや》きは消え、暗く沈《しず》んでいる。

「ついでだ。浄化《じょうか》していくとしよう。いいか、ヤシャ」

「……ええ」

魔王の『浄化』は、ヤシャがアスラの誘《さそ》いを断ることなく従う唯一《ゆいいつ》の行為だ。『魔法遣い』としての義務であり、最大の役目と言ってもいい。

アスラもそれはわかっているくせに、従順にうなずいたヤシャに嬉《うれ》しそうに笑う。

「聞いただろう、マスティマ。奥に行ってくる。待たせることになるから、城に戻っていてもいいぞ」

腕《うで》にとまらせたジズの羽繕《はづくろ》いをしていたマスティマは、アスラの言葉を受けてヤシャへと目を向けてきた。

「……ヤシャ殿《どの》さえよければ、こちらでお待ちしています。ジズが相手をしてくれます。なにか俺にできることがあれば、ご用件を申しつけてください」

ほぼ常に付き従うマスティマでも、『浄化』だけは例外だ。

長時間待機するより戻ればいいと促したアスラに反して、この場に留まってもいいかヤシャに尋《たず》ねてくる。

「そちらの棚《たな》にさえ触れなければ、好きにしてくださって構いません。ジズ……」

希少な薬草や、毒や薬へと調合したものを収めた瓶《びん》の並ぶ棚を視線で指しながら、マスティマの応対を任せてもいいかとジズの名を呼ぶ。

バサリと翼《つばさ》を広げたジズは『承知』と首を上下させて、ヤシャとマスティマの顔を順に見遣った。

『では、湖まで供を願おう。先日の風で折れた木の枝が、湖の畔《ほとり》に溜《た》まっている。力のあるマスティマなら、取り除くことなど容易だろう』

「わかりました。では、案内を」

ジズは人の姿にも変化できるのだから、自ら取り除くことも可能なはずなのに、マスティマを頼《たよ》るつもりか。

「……無精者《ぶしょう》」

吐息《といき》に紛れさせたつもりのつぶやきは、聴覚《ちょうかく》の優《すぐ》れたジズの耳にまで届いてしまったようだ。

ぐるりとこちらに顔を向けて、『適材適所というものだ』と言い放ち、開け放されたままの窓から出て行く。

「あ……では、お先に失礼します」

飛んで行くジズを見失ってはいけないと思ったらしく、アスラに頭を下げたマスティマが扉《とびら》を出て行く。

途端《とたん》に、静かになった。いつもなら無駄口《むだぐち》を叩《たた》くアスラが、何故《なぜ》か今は無言でヤシャの前に立っている。

今更《いまさら》、アスラと二人きりでいるからといって緊張《きんちょう》するわけもない。それなのに、やたらと存在が大きく感じられ、視線を向けることができない。

言葉ではうまく言い表せられない息苦しさの正体は、なんだろう。

「私たちも、行きましょう」

狭《せま》い屋内にいるせいで、魔王《まおう》の纏う気に中《あ》てられそうになっているのだ。外に出てしまえば、気が紛れる。

そう判断して身体《からだ》の向きを変えると、アスラを促《うなが》して戸口へと歩を進める。

なにか、喋《しゃべ》っているほうがいい。

でも、なにを？

話題を探し、かろうじて今の状況《じょうきょう》に添《そ》うものを見つけた。

「前回の浄化から、さほど経《た》っていないように思いますが……」

「南で、いくつか吸収したからな」

普段《ふだん》通りの調子で返してきたアスラに、ホッとして扉をくぐる。

森に迷い込んだ人や魔族が立ち入らないよう、扉に封印をしておいて、森の最奥《さいおう》へと続く小道へ踏《ふ》み出した。

《三》

森の最奥には、南からも北からも容易に辿《たど》り着くことのできない『場』がある。結界に阻《はば》まれ、人も魔族も立ち入ることが不可能な禁域だ。

魔王と『魔法遣《まほうつか》い』の血を継《つ》ぐ者、その眷属《けんぞく》のみが足を踏み入れる権利を持つ。

森の中、樹々《きぎ》のあいだを縫《ぬ》うように道なき道を進み、崖《がけ》の麓《ふもと》で足を止める。

資格を有する者でも容易《たやす》く受け付けない証《あかし》に、常に移動する出入り口は、目には見えない。けれど、流れ出る気が『そこ』をヤシャに教えてくれる。

「ここだ」

ヤシャが一点に手を伸《の》ばすと、聳《そび》え立つ岩肌《いわはだ》を覆《おお》う緑の蔦《つた》が意思を持つかのように左右に分かれて暗い洞穴《どうけつ》が現れた。

迷いなく、一切《いっさい》の光がない闇《やみ》の奥を目指す。

背後のアスラは無言だが、つかず離《はな》れずついて来ていることは、小石を踏む足音と気配で察せられた。

時の感覚が惑《まど》わされ、長くも短くも感じる暗闇の洞窟《どうくつ》を抜《ぬ》ければ、これまでと打って変わって光に満ちている。

その『場』は、さほど広くはない。ヤシャの暮らす小さな家が、すっぽりと収まるほどだろうか。

青々と茂《しげ》る大樹の傍《かたわ》らでは、輝くばかりの澄んだ水が滝《たき》となって白い岩肌を流れ落ち、滝壺《たきつぼ》で煙《けむり》のような水飛沫《みずしぶき》を立てている。

人の聖職者が口にする、清らかな魂《たましい》が召《め》されるという天の国には、これに似た光景が広がっているのかもしれない。

地上のそれは、『魔』の頂点に君臨する王のために在るのだけれど。

ヤシャの隣《となり》に立って滝を眺《なが》めるアスラが、深く息を吸って微笑《びしょう》を滲《にじ》ませた。

「ここは何度来ても、妙《みょう》な場だ。他《ほか》にない、唯一無二の気に包まれる」

「この世で、最も清涼《せいりょう》な地です」

それが、『魔王』を受け入れるのだからどうにも不可解だ。

かつて何故と問うたヤシャに、師である先代の『魔法遣い』は、

「理《ことわり》の解は、私にも知る術《すべ》がありません。そういうものだ、とだけ言っておきましょう」

と、答えにならない言葉を返してきた。

ヤシャが『魔法遣い』を継いで三百年になるが、その答えは今のヤシャにも導き出せていない。

「いつでもどうぞ」

　これから先、ヤシャの役目はアスラの護《まも》りだ。

　この領域には小鳥や虫一匹《ぴき》でさえ立ち入ることがないはずだけれど、これまでなかったから今後も大丈夫《だいじょうぶ》という保証はない。

　しばらくのあいだ、アスラは自身のすべての力や意識を『浄化《じょうか》』に集中させる。万が一奇襲《きしゅう》を仕掛《しか》けられたりすれば、呆気《あっけ》なく深手を負うことになる。

　魔王が最も無防備になるとはいえ、『浄化』は必要不可欠な行為《こうい》なのだ。万が一は、絶対にあってはならない。

　空気に同化するつもりで限界まで気配を殺したヤシャは、どんな些細《ささい》な異変でも見逃《みのが》さないようにアスラを見詰《みつ》めた。

　ヤシャに背を向けたアスラは、身に着けている衣類をゆっくりと脱《ぬ》ぎ落として、一糸纏《まと》わぬ肢体《したい》を晒《さら》す。

　伸びやかな長い手足に、過剰《かじょう》ではない筋肉に覆われた張りのある頑健《がんけん》な肌。今は少しくすんでいるけれど、そのものが発光しているかのような黄金の髪《かみ》。

　改めて、その姿は『魔』の頂点に君臨するとは信じがたい光を纏っていると、圧倒《あっとう》される。

　ヤシャの見守る中、アスラは静かに澄《す》んだ水に足を踏み入れると、流れ落ちる滝の下に立つ。

　頭上から清らかな水を受けたアスラの髪は、瞬《また》く間にくすみが洗い流されて艶《つや》やかな光を取り戻《もど》した。

薄《うす》く纏わりついていた翳《かげ》りが削《そ》がれ、再生しているにも等しい美しい光景だ。アスラが背を向けているのをいいことに、存分に視線を注ぐ。こんなふうにアスラを見詰めることができる機会は、『浄化』の時間しかない。

前回の『浄化』は、確か雨の季節だった。次は雪解けの季節だろうと予想していたより、間《かん》隔《かく》が短いのではないだろうか。

それだけ、アスラが多くの『魔』を受け入れているということだ。

……人を快楽を得るための糧《かて》だとしか見ていなかった先々代や、人などどうでもいいと無関心だった先代と比べて、アスラは慈悲深《じひぶか》い。彼ら自身の邪心《じゃしん》が生み出した『魔』など、人の地を荒《あ》らそうが放《ほう》っておけばいいのに。

心の中でつぶやいたヤシャは、中立であるべき存在としてこれは危険思考だろうかと、軽く頭を振《ふ》る。

実際のところ、アスラに慈悲の心があるのかどうかは知らない。暇潰《ひまつぶ》しや気まぐれで、『魔』を吸収して回っているだけかもしれない。

でも、この浄化頻度《ひんど》は憂慮《ゆうりょ》すべきだ。

魔族の頂点に在るアスラは、あらゆる『魔』を取り込み、鎮《しず》めることができる。ただし、際限なく『魔』を受け入れられるわけではない。黄金の髪や紫水晶《むらさきずいしょう》の瞳《ひとみ》に翳りが現れると、闇色に染まり切る前に『浄化』することが必要になるのだ。

そうしなければ、自身に受け入れた『魔《ま》』が許容量を超《こ》えて……魔王としての死を意味する霧《きり》となり、消滅《しょうめつ》する。

アスラが、人の領域からヤシャのもとへ持ち込まれた『魔』や凶暴化《きょうぼう》が進んで害となる魔族を自身に吸収することで、南も北も治安が保たれている。

そのようなこと、すべての『魔』は自分たちより劣《おと》ると決めつけている傲慢《ごうまん》な人々は、認めないと思うが。

「ヤシャ」

ぼんやりと広い背中を眺めていたヤシャは、背を向けたままのアスラに低く名前を呼ばれて我《われ》に返った。

「熱い眼差《まなざ》しだな」

「……気のせいでしょう」

アスラが振り返る直前、ギリギリのところで滝の脇《わき》にある大樹へと視線を逃《に》がす。焦《あせ》りや動《どう》揺《よう》は、完全に隠《かく》せているはずだ。

「そうか？」

パシャパシャと水音が響《ひび》いて、アスラが近づいて来る。

水際《みずぎわ》に立つヤシャの前で足を止めたアスラは、ヤシャの背中に手を伸ばして編んだ髪を留めてある紐《ひも》を、指先で……切った？

「なにを……」

ばさりと肩《かた》にかかった髪と解放感からそれを悟《さと》ったヤシャは、不躾《ぶしつけ》な行動への非難を込めてアスラを見上げる。

「ようやく目を合わせたな」

ヤシャの気を引くことに成功したからか、アスラは睨《にら》みつけられたにもかかわらず嬉《うれ》しそうな笑《え》みを浮《う》かべた。

澄んだ輝《かがや》きを取り戻した紫水晶の瞳が、ジッとヤシャの目を覗《のぞ》き込んでくる。

「無駄《むだ》だと、数えきれないほど言っているはずですが」

ヤシャが、魔眼に誘惑《ゆうわく》されることはない。

わかっているはずなのに、飽《あ》きずに仕掛《しか》けるのかと不快感を露《あら》わにしたヤシャに、アスラは笑みを消すことなく返してくる。

「惑わせて、意のままに操《あやつ》ろうとしているわけではない。ただ、ヤシャの美しい瞳をこの目に映したいだけだ」

「物好きな」

「好きに言え。瞳も、髪も……初めて出逢《であ》った日から、寸分も変わらず美しい」

そんなアスラのほうが、優美な容姿をしているくせに。と、喉元《のどもと》まで込み上げてくる反論は、口に出して伝えたことはない。

アスラに触《ふ》れられるたびに、チリチリと肌《はだ》を刺《さ》すような熱を感じるということも、隠し通せているはずだ。

「そろそろ戻ります。支度《したく》を……」

この特殊《とくしゅ》な場で、アスラと二人だけでいるから駄目なのだ。目的は果たしたのだから、立ち去ろう。

水から上がって衣服を身に着けるようアスラを促《うなが》したのに、長い両腕《りょううで》が伸《の》びてきて胸元《むなもと》に囲い込まれる。

「な……っ」

グッと力を込めて抱《だ》き込まれたヤシャは、身体《からだ》を強張《こわば》らせて動きを止めた。

物理的な力と体格は、アスラが上だ。でも、魔力はほぼ対等なのだから、振り払《はら》うことが不可能なわけではない。

それなのに、頭の中が真っ白で指先を動かすこともできない。非力な人のように身を竦《すく》ませる自分は、どうかしている。

常に凪《な》いだ湖面のように平静を保つことを、自身に課してきた。

なにを目にしても、どんなことが身に降りかかってきても、心を乱されたりしない理性を築き上げてきたつもりだ。

アスラは、ヤシャが三百年かけて構築した『魔法遣《まほうつか》い』としての矜持《きょうじ》を、容赦《ようしゃ》なく摑《つか》んで揺《ゆ》さ振ろうとする。

「そう急ぐな。邪魔《じゃま》が一切《いっさい》入らず二人きりになれる、貴重な時間だ。もう少しここにいてもいいだろう」

慌《あわ》てるな。動揺などしていない。これまで何度も繰《く》り返された、アスラの戯《たわむ》れだ。

頭の中で繰り返して、軽く唇《くちびる》を嚙《か》む。

深く息を吸い、そっと吐《は》く。……もう一度。

二度目の深呼吸で、ようやく硬直《こうちょく》を解くことができた。

「私……が、望んで、二人きりなわけではありません」

アスラに揺《ゆ》らぎを悟られることなく普《ふ》段《だん》の自分を取り戻し、なんとか言葉を絞《しぼ》り出すことに成功した。

この場での『浄化』は魔王にとっては必要不可欠な行為であり、それに立ち会うのは魔法遣いの義務だ。

先々代も先代の魔王も、見守るヤシャの存在など完全に無視して浄化を終えると、用は済んだとばかりに立ち去っていた。

「つれない台詞《せりふ》だ。俺は、ヤシャを独《ひと》り占《じ》めできて嬉しいのになぁ」

なのにアスラだけは、閉鎖《へいさ》された二人きりの空間を楽しんでいる。

どちらにとってもただの『必然』に、特別な意味を持たせようとするアスラにつられるな、と拳《こぶし》を握《にぎ》ってアスラの腕の中から身を逃《のが》した。

「集中を欠かないよう遠慮《えんりょ》しているだけで、ジズは入ることができるので、アスラと私だけの場ではありません。それに、帰りが遅《おそ》いとマスティマが心配します」

唯一《ゆいいつ》の例外がいると口にすることで、ヤシャ自身も「アスラと二人きり、特別なことではない」と再認識《さいにんしき》する。

完全に背を向けたヤシャに、アスラはつまらなそうに「あーあ」とぼやいた。

「そろそろ、俺に身を預けようと思わないか。強情だな」

「どうして私が、アスラに身を預けなければならないんです？　アスラが望むなら、お相手はいくらでもいるでしょう」

アスラが衣類を身に着ける衣擦《きぬず》れの音を聞きながら、苦々しく言い返す。

魔眼の力を使えば当然のことながら、目を閉じていてもアスラに惹《ひ》かれる魔族は事欠かないはずだ。

魔王というだけで恐《おそ》れおののく人の娘《むすめ》でさえ、一目で魅了《みりょう》することも容易《たやす》いだろう。

わざわざ、『魔法遣い』を口説こうとしなくても……。

「視線を合わせるなり、自ら飛び込んでくる相手などつまらん。俺の機嫌《きげん》を取るために、村の有力者から強要されて魔王に奉仕《ほうし》しろと突《つ》き出され、怯《おび》えて命乞《いのちご》いする人の娘を弄《もてあそ》ぶ趣味《しゅみ》もない。……ヤシャがいい」

言葉の終わりと同時に背後から両肩《りょうかた》に手を乗せられ、反射的に振り払った。咄嗟《とっさ》に動けたことに安堵《あんど》しつつ、振り返る。

完璧に衣装を整えて降り注ぐ光の下に立つアスラは、すっかりいつもの輝きを取り戻《もど》していた。

「アスラは、私が自分の思い通りにならないからムキになっているだけです。なにより、年老いた魔法遣いに執着《しゅうちゃく》する意味などないと気づけば、これまで無駄にした二十年を後悔《こうかい》するでしょう」

ヤシャが容易く手の中に落ちてこないから、執着しているような気になっているだけだ。

もし一度でも応じれば、気が済んでヤシャに纏《まと》わりつくことも止《や》めるのかもしれないが……そこまでつき合う義理はない。

少しでも早くこの場を離《はな》れようと、森へ繋《つな》がる洞窟《どうくつ》に向かうヤシャの後を、ゆったりとした足取りで追いかけてくる。

「そう思うなら、試《ため》しに俺の好きにさせればいい。……後悔しない、一度で気が済むわけでもないということを、証明してやる」

「……巧《たく》みに言い包《くる》めようとしても、乗りません」

攻防《こうぼう》に疲《つか》れたヤシャが「それなら」と提案に心動かされるよう、誘導《ゆうどう》しようとしている。

見え透《す》いた手に流されるわけがないだろうと、眉《まゆ》を顰《ひそ》める。

「チッ。やはりヤシャは手強《てごわ》いな」

意識して普段以上に冷淡《れいたん》に言い返したのに、アスラは楽しそうだ。

ヤシャは、もうなにも言うまいと口を噤《つぐ》んで洞窟に進む。ヤシャの反発は、逆効果だ。アスラ自身が飽きるのを待つしかない。

暗闇《くらやみ》の洞窟に軽快な足音を響《ひび》かせながら、「ああ、一つ」と思いついたようにアスラが口を開く。

「年老いた魔法遣いとは、誰《だれ》のことだ。人ならば二十かそこらの外見は、年寄りを自称《じしょう》するには無理があるだろう」

珍《めずら》しく前置きをするからなにかと思えば、そんなことか。

ヤシャは前を向いて歩き続けながら、自分の実年齢《じつねんれい》と外見年齢が乖離《かいり》している理由を口にする。

「魔法遣いを頼《たよ》って訪《おとず》れる人に必要以上に威圧感《いあつかん》を与《あた》えないよう、この姿で留《とど》まっているだけで、事実です。私は三百歳ほどになりますので、四十になるアスラと比較《ひかく》すれば年老いているでしょう。アスラこそ、人が魔王に持つ印象を裏切る、若者の容姿ですが」

薬品を求めて訪ねてくる人が語る『魔王』は、姿を目にしたことのない彼らからすれば想像上の脅威《きょうい》だ。

曰《いわ》く、

『筋骨隆々《りゅうりゅう》の小山のような大男で、恐ろしく巨大《きょだい》な角を頭上に生やしている』

『獣《けもの》のような牙《きば》と鋭《するど》い爪《つめ》を持ち、醜悪《しゅうあく》な顔貌《かおかたち》で近寄る者すべてを食《く》らい尽《つ》くす』

『いや、姿形のない漆黒《しっこく》の塊《かたまり》でしかなく、吸い込まれれば二度と転生もできない闇の渦《うず》に囚《とら》われる』

……等々。

想像上の『魔王』は、ヤシャの知る姿とは似ても似つかないものばかりだが、肯定《こうてい》も否定もせず聞き流している。

思い描《えが》く像とは正反対で、美を体現する端整《たんせい》な容姿の若者だとは、ヤシャが語ったとしても信じてもらえないはずだ。

「おまえに釣《つ》り合うよう、この姿を選んでいるんだ。二十年前に出逢《であ》ったヤシャがもっと老《ふ》けていれば、俺もそれなりに年を重ねた見かけになっている」

「……酔狂《すいきょう》な」

二十年前から変わらず、真っ直《す》ぐに想《おも》いを向けてくるアスラに表情を曇《くも》らせる。

魔法遣いは、中立であることが必須《ひっす》。魔王であるアスラに惹かれるなど、間違《まちが》ってもあってはならない。

それは、アスラも知っているはずなのに……ヤシャの立場を顧《かえり》みることなく口説き続ける彼は、勝手だ。

ヤシャが絶対に自分に落ちてこないと思っているから、魔眼に心酔することのない珍しい相手との言葉遊びに興じているだけだろう。

そこも含《ふく》めて、腹立たしい。

洞窟を抜《ぬ》けたヤシャは、小鳥の囀《さえず》りや風に揺れる木の葉の音……森に響く日常の気配にホッと息をつく。

アスラに解かれていた髪《かみ》を編み直せば、いつもの『魔法遣い』だ。誰の、どんな言動にも惑《まど》わされず、決して揺らがない。

空を舞《ま》う、大きな鳥の羽音が耳に心地《ここち》いい。

『ヤシャ、戻ったか』

「……ジズ。ええ、問題なく終わりました」

先ほどの羽音の主は、ジズだったらしい。頭上から舞い降りてきたジズに左腕《ひだりうで》を差し出す。

ヤシャの前腕《ぜんわん》にとまったジズは、アスラに顔を向けて『クク』と笑《え》みを零《こぼ》した。

『禍々《まがまが》しい美の復活か』

「俺にとっては、褒《ほ》め言葉だな」

アスラに呼応するかのように、強く吹《ふ》いた風が光を湛《たた》えた黄金の髪を撫《な》でる。揺らぐ髪が木漏《こ も》れ日を反射して、眩《まばゆ》さに目を細めた。

「マスティマが待っているでしょう」

『やつは、たっぷり働いてくれたぞ。褒美《ほうび》が必要だ』

ジズの言葉にうなずきながら、洞窟の存在など微塵《みじん》も感じさせない、緑の蔦《つた》に覆《おお》われた岩肌《いわはだ》に背を向けた。

次にここへ来るのは、またしばらく先になるはずだ。

アスラと二人きりで、閉鎖《へいさ》された清浄《せいじょう》な場にいることが息苦しいと、そう感じる自分を小さな箱に押し込めて頑丈《がんじょう》な鍵《かぎ》をかける。

常に、『無』でいなければならない。

アスラに、わずかながらでも心を揺《ゆ》さ振《ぶ》られるなどと……決して認めてはいけない。

《四》

「これは、春を待って採集するのでいい。こちらの球根は、そろそろ探しに行くか。先日引き受けた『魔《ま》』の、人からの報酬《ほうしゅう》が届けば、月夜草の種と混ぜてみるかな」

棚《たな》に並ぶ薬瓶《くすりびん》を一つずつ検《あらた》めていたヤシャは、視界が暗く翳《かげ》ってきたことに気づいて窓を振《ふ》り向いた。

日没《にちぼつ》まではまだ時間があるはずだが、森の樹々《きぎ》が傾《かたむ》いた陽《ひ》の光を遮《さえぎ》っているせいで暗くなっているのだ。

ヤシャもジズも、夜の闇を恐れない。目に見えなくても、気配で障害物や近づくものを察せられるのだから、電灯はあってもなくてもどちらでもいい。

ただ、師である先代からはできる限り人に近い生活を送るよう言いつけられているので、ランプを灯《とも》して暖炉《だんろ》にも火を入れる。

「あの方は、人が好きだったからな」

暖炉で揺らめく炎《ほのお》の中に、人と寄り添《そ》うことを望み、共に命を終えることを選んだ師を思い描く。

『役目を投げ出す私は、ヤシャの目には無責任に映るかもしれない。でも、中立でいられなくなれば、誰と命運を分かち合うか身の振りようを考えるのも「魔法遣い《まほうつか》」にとっては重要なのだよ』

ヤシャを後継《こうけい》の『魔法遣い』として独り立ちできるまで育てた師は、そう言い残して『人』の手を取り、森を出て行った。

ずいぶん昔のことだ。記憶《きおく》の片隅《かたすみ》に追いやり、この百年ほどは忘れたような気さえしていた。それが今になって、ふと思い浮《う》かぶのはどうしてだろう。

『ヤシャよ。どうやら客だ』

暖炉の前に片膝《かたひざ》をついてぼんやりと炎を見詰《みつ》めていたヤシャは、ジズの言葉にハッとして立ち上がった。

「こんな時間に、ですか？」

確かに、神経を研《と》ぎ澄《す》ますまでもなく戸口に訪問者の気配を感じる。この弱々しい生命力は、魔族のものではない。

代々取り引きのある薬の行商人が、依頼《いらい》の品を受け取りに来るのはもう少し先だ。迷い込んだ者が、窓から漏《も》れる明かりに引き寄せられたか……森に住むのは『魔法遣い』だと知りながら、なんらかの目的があって訪ねてきたか。

昨今、腕試《うでだめ》しを兼《か》ねて押しかけてくる好奇《こうき》心旺盛《しんおうせい》な身の程《ほど》知らずは減ってはいるが、ヤシャが『魔法遣い』となってから襲撃《しゅうげき》を仕掛《しか》けてきた人の若者は、五指では数え切れない。

「久々に、物騒《ぶっそう》なお客ですかね」

無難にあしらうのが、面倒《めんどう》だ。

ぼやいてため息をついたヤシャに、黒い翼《つばさ》を広げたジズが首を捻《ひね》って答えた。

『いや……どうやら敵意はなさそうだぞ。それならば、森に踏《ふ》み入った時点で我が察している』

ジズの言葉は、もっともだ。ヤシャに危害を加えることを目的としていたら、もっと早くにジズが存在を察知しただろう。

「では、迷い人ですか」

日の落ちた森を人にうろつかれて、野生の獣や夜の森の散策を楽しみに北から訪《おとず》れた魔族と遭遇《そうぐう》されては、ますます面倒なことになる。

仕方ないので、朝までこちらで保護するか。

足音を殺して戸口に立ったヤシャは、予告も前振りもなく大きく扉《とびら》を開け放つ。

「ッ！」

屋内の様子を窺《うかが》っていたのか、引き返すべきか否《いな》か迷っていたのか、扉の脇《わき》に身を潜《ひそ》めていた訪問者が声もなくヤシャを見上げた。

見開かれた瞳《ひとみ》には、驚《おどろ》きと恐怖《きょうふ》の色が滲《にじ》んでいる。

「これはまた、意外な……」

思わずつぶやいたのは、身を竦《すく》めてヤシャを見ている訪問者が幼さを残す十五、六の少女だったせいだ。

しかも、どうやら一人きりで……手荷物らしいものもなく、寒そうな軽装だった。

「あ、あ、あの……ま、魔法遣い様です、か？」

寒さからか恐怖のせいか、震《ふる》えながらか細い小声で尋《たず》ねられて首を上下させる。

怯《おび》えを隠《かく》そうともしないけれど、逃《に》げ出す様子はない。少女が、なにかしらの意思をもって『魔法遣い』を訪ねてきたことは明白だ。

「ええ。どうやら、森に迷い込み、偶然《ぐうぜん》辿《たど》り着いたのではなさそうですね。……私に、なにか御用《ごよう》ですか？」

どのような想像をしていたのかわからないが、静かに答えたヤシャが、少女の思い描いていた『魔法遣い』とは違《ちが》ったのだろう。

瞳に浮かぶ恐《おそ》れの色を薄《うす》くして、意を決したように口を開く。

「は、はい。お願いがあって、来ました。長老が、森の魔法遣い様ならと……」

「待ってください」

急《せ》いた調子で語り出した少女の言葉を遮ると、ピタリと口を噤《つぐ》み、不安そうな目でこちらを見上げてくる。

「寒いでしょう。ちょうど、暖炉に火を入れたところです。続きは、中で聞きましょう」

「あ……ありがとう、ございます」

戸口に立つ身体《からだ》をずらして、中に入るよう促《うなが》す。

陳情《ちんじょう》を聞くこともなく追い返されるのではないと安堵《あんど》したのか、少女は頬《ほお》の強張《こわば》りをほんの少し緩《ゆる》めて小さくうなずいた。


「どうぞ、そちらに掛《か》けてください」

少女は小さくうなずき、ヤシャが勧《すす》めた簡素な木の椅子《いす》に遠慮《えんりょ》がちに腰《こし》を下ろした。すぐ傍《そば》、机の端《はし》で羽を休めているジズが、気になるのか少女にチラチラと視線を送っている。

イタズラ心で不要に驚かせる気はないらしく、いつになく大人しいジズは、ただの梟《ふくろう》のふりを決め込むことにしたようだ。

「単身、ここまでやって来た理由は？　日の暮れかけた森は寒い上に、さぞかし怖《こわ》かったでしょう。……こちらをどうぞ」

木をくり貫《ぬ》いて作った器《うつわ》に甘いお茶を注ぎ、少女に差し出す。

両手で受け取った少女は、戸惑《とまど》いの表情で立ち昇《のぼ》る湯気を見詰めて……思い切ったように口をつけた。

「美味《おい》しい……です」

「冷えた身体を温める、薬草を煮出《にだ》したお茶です。魔族には毒ですが、人には無害なのでご安心ください」

魔族という一言に小さく肩《かた》を揺らした少女は、無言で少しずつお茶を飲んで空になった器を両手で包み込んだ。

急かすことなく、少女から切り出すのを待っていたヤシャをチラリと見遣《みや》り、視線を逸《そ》らさないまま口を開く。

「魔法遣い様に、お願いがあります。魔族……魔王様と逢《あ》わせていただきたいんです。魔法遣い様なら、取り次いでくださると聞きました」

「魔王と？」

予想外の陳情だった。

特殊《とくしゅ》な薬草が欲しいとか、村に蔓延《はびこ》る厄介《やっかい》な魔物を引き取りに来てほしいとか……せいぜいその程度の「お願い」だと思っていたのに、ずいぶんと大それた用件だ。

驚いた、と表情には出していないつもりだが、聞き返したヤシャが訝《いぶか》しく感じたことは伝わったのだろう。

少女は椅子から身を乗り出し、訴《うった》えてくる。

「無理をお願いしていることは、わかっています。でも私は、どうしても……魔王様に逢わなければならないのです」

「御身《おんみ》が、どうなろうと？　なにが目的か知りませんが、引き合わせた直後、丸のみされるかもしれないとは思わないのですか？」

「は、話も、聞いていただけないのでしょうか」

少女にとって、魔王は魔法遣いより遥《はる》かに恐ろしい存在に違いない。ヤシャの脅しに、再び肩を震わせる。

それでも発言を撤回《てっかい》しようとはせず、悲痛な表情で両手の中にある木の器を見詰めていた。

『ヤシャ。そう脅すな』

「ッ……と、鳥が……喋《しゃべ》った？」

ビクッと顔を上げた少女は、目を見開いてまじまじとジズを見ている。素直《すなお》に反応した少女が好ましいらしく、ジズは『ククク』と笑って片方の翼を広げた。

『魔力も体力もなさそうな女子がたった独り、こうしてやって来たのだ。相当の覚悟《かくご》があってのことだろう』

ジズの言葉に、大きくうなずいている。

人にとって、梟が語り掛けてくるということ自体が非常事態だと思うが、それよりも重要な責務があるのだろう。

ヤシャが突《つ》き放せば、無謀《むぼう》にも北の地に乗り込もうとするかもしれない。硬《かた》い表情の少女には、どんな行動に出るか読めない危《あや》うささえ漂《ただよ》っている。

「無論、それは推測できます。……では、私が伝言を預かりましょう。魔王《まおう》が聞き入れてくれるという約束は、できませんが」

最大限の譲歩《じょうほ》だ。気は進まないが、魔族と人との仲立ちを役目としているからには、仕方がない。

ヤシャの提案に、少女はパッと頬の強張りを解いたけれど、直後に緊迫感《きんぱくかん》を取り戻《もど》して首を左右に振《ふ》る。

「いえ、せっかくですが直接魔王様にお願いしなければならないのです。村の命運を、託《たく》されてきました。どうか……！」

頑《かたく》なに『魔王』に逢わせろと言い張る少女の目的は、やはりヤシャにはわからない。ただ一つ、この少女に課された役割は見えてきた。

「その身を捧《ささ》げてでも、願いを聞き入れてもらえと……送り出されましたか。身を犠牲《ぎせい》にしたところで、叶《かな》えられるという確証などないのに？」

「…………」

ヤシャの台詞《せりふ》を否定せず、唇《くちびる》を引き結んで身体を強張らせたことが答えだ。

人身御供《ひとみごくう》とするべく、少女をたった一人で森に送り出した周りの大人たちに対して、じわりと不快感が湧《わ》き上がる。

思案するヤシャをよそに、ジズが『クッ』と喉《のど》を鳴らした。

『相応の覚悟があるようだ。ここまで言い張るのだから、逢わせてやればいい。よし、我が呼んできてやる』

「ジズ！」

発言に驚いたヤシャが止める間もなく、勝手に決め込んだジズは翼《つばさ》で窓を叩《たた》いて隙間《すきま》を作り、飛び立って行った。

少女と二人で小屋に残されたヤシャは、小さな肩を見下ろして話しかける。

「本気ですか」

「……はい。ま、魔王様でなければ、きっと駄目《だめ》なのです」

「人の地で、魔王ができること……か」

これ以上はヤシャには教えられないというように、少女は口を噤んで身を強張らせる。ヤシャも、もうなにも言えなくなってしまい、パチパチと暖炉《だんろ》で薪《まき》の爆《は》ぜる音だけが響《ひび》いた。

お茶のお代わりを……と手持ち無沙汰《ぶさた》を誤魔化《ごまか》すため少女に声をかけようとした瞬間《しゅんかん》、

「呼んだか、ヤシャ」

突然扉《とつぜんとびら》が開き、煌《きら》びやかな金の髪《かみ》を揺《ゆ》らした長身が小屋の中に闖入《ちんにゅう》してくる。

驚《おどろ》いたらしい少女の手から、握《にぎ》り込んでいた木の器が落ちて床《ゆか》に転がった。ジズが出て行って、さほど時間が経《た》っていないのだから当然だ。

「もう少し、静かに登場してください。あなたの発する魔力の圧だけで、狭《せま》い小屋が壊《こわ》れそうです」

「ジズの様子から、急ぎだと思ったのでな。おまえからの呼び出しなど珍《めずら》しい……っと、これはなんだ？」

上機嫌《じょうきげん》でヤシャの前に立ったアスラは、椅子の上で身を縮める少女の存在にようやく気づいたらしい。

存在だけで、空気の質が重苦しくなる……アスラの威圧感《いあっかん》に気圧《けお》された少女は、顔を上げることができないようだ。

「ジズから聞いていませんか」

「ジズからは、ヤシャが呼んでいるとしか聞いていない」

肝心《かんじん》なことを伝えなかったのは、わざとか。

少し遅《おく》れて小屋に入ってきたジズとマスティマに目を向けると、楽をしようとマスティマの肩にとまっているジズが嘴《くちばし》を開く。

『人の子が用らしいと言っても、無視すると思ったからな。ヤシャの呼び出しなら、断らんだろう』

「……チッ」

苦い顔で舌打ちをしたアスラは、その通りだと態度で認めている。年の功とも言える、ジズの作戦勝ちだ。

「せっかくお越《こ》しになったのですから、話を聞くだけでも。魔王に逢いたいと、たった一人で私のもとを訪ねてきたんです」

ヤシャが場を取り持とうとしていることも気に入らないのか、アスラはわざとらしく声を低くする。

「ふ……ん。人の娘《むすめ》を喰《く》うのは久々だな」

ビクッと肩を揺らした少女は、青褪《あおざ》めた顔でガタガタと全身を震《ふる》わせている。恐《おそ》ろしさのあまりか、顔を伏《ふ》せて床に視線を落としたままだ。

「アスラ」

ヤシャは、名を呼ぶことで悪趣味《あくしゅみ》な台詞を咎《とが》めた。

アスラは心にもない言葉を口にして揶揄《からか》っているつもりかもしれないが、少女にとっては冗《じょう》談《だん》になっていない。

非難を込めて睨《にら》みつけたヤシャに、仕方なさそうに腕《うで》を組んで少女を見下ろした。

「単身、俺に直談判《じかだんぱん》しようとする心意気は買おう。顔を上げろ。名は？」

アスラに促《うなが》された少女は、震えながらも気丈《きじょう》なことにゆっくりと顔を上げた。そういえば、名を聞いていなかったなと心の中でつぶやいたヤシャの耳に、か細い声が届く。

「あ……リースルと、申します」

「リースル。なにが目的で、俺に面会を願った」

目の前に立つ『魔王』を直視できないらしく、腰《こし》辺りに視線を泳がせているリースルにアスラは目的を尋ねる。

「魔王様。どうか、私の話を聞いていただけませんでしょうか」

言葉を終えたリースルは、決意を込めてかアスラを振り仰《あお》いだ。顔を背《そむ》けたアスラと視線は合わなかったはずだが、呆気《あっけ》に取られた表情で絶句する。

まさか『魔王』の容姿が、これほどまでに煌びやかで優美なものだとは思っていなかったのだろう。

魔眼の力を使うまでもなく、呆然《ぼうぜん》と見惚《みほ》れている。

「続きは？」

「あ……あ、失礼しました」

苛立《いらだ》ちを含《ふく》んだアスラの声で、我《われ》に返ったようだ。緩《ゆる》く頭を振り、震えを落ち着かせようとしてか両手を組み合わせて語り始めた。

「私は、小さな漁村の娘です。村の生活は漁で成り立っているのですが、ここしばらく昼夜問わず海が荒《あ》れており、船を出すことができません。原因は……長老が言うには、リヴァイアサンが機嫌を損《そこ》ねているせいだと」

リースルの言葉に、アスラは腕組みを解くことなく首を傾《かし》げた。

ヤシャも、さりげなくアスラと視線を交《か》わしてわずかに眉根《まゆね》を寄せる。

「リヴァイアサン？　大人しい魔獣《まじゅう》だ。漂う死骸《しがい》を喰らい、海の清浄《せいじょう》を保つ。おまえら人にとっては、魔物でありながら海の守護神だろう」

「はい……ですが、荒れ狂《くる》う海は収まらず、このままでは村が滅《ほろ》びます。魔王様ならば、リヴァイアサンを鎮《しず》めてくださるはずだと……」

「そいつは妙《みょう》だな。意味もなく、リヴァイアサンが機嫌を損ねて暴れるとは思えん。……なにをした？」

余計な口出しをしないでおこうと決めたヤシャは、リースルがアスラにどう答えるかと、興味深く小さな身体《からだ》を眺《なが》める。

アスラの言葉通りだ。本来リヴァイアサンは、意味もなく暴れたりしない穏《おだ》やかな魔獣なのだ。

南の地にある大海原《おおうなばら》を根城とし、海を清浄に保つことに貢献《こうけん》しており、遥《はる》か昔から人と共存している稀《まれ》な魔物でもある。

それなのに、長らく漁もできないほど海を荒らしている？

リースルは即答《そくとう》できないらしく、沈黙《ちんもく》が漂う。

「隠《かく》さず言え」

業《ごう》を煮《に》やしたアスラが低く口にすると、逡巡《しゅんじゅん》していたリースルは深く頭を下げて疑問に答えた。

「申し訳ございませんっ。若者が数人、村の外からやって来た旅人と共にリヴァイアサンを剣で傷つけたのです。リヴァイアサンの鱗《うろこ》を剝《は》がして手に入れることができれば、この先十年は漁に出ることなく暮らせるだけの財が得られるという甘言《かんげん》に惑《まど》わされ、結果的にリヴァイアサンの怒《いか》りを買いました」

愚《おろ》かなことを、とヤシャは無言で眉間《みけん》の皺《しわ》を深くする。

敵《かな》うわけがないのに、『魔』に挑《いど》もうとする人はいつの時代も存在する。普段《ふだん》は穏やかなリヴァイアサンとはいえ、意味もなく襲撃《しゅうげき》されれば怒り狂うのは当然だ。

アスラも人の愚行《ぐこう》に呆《あき》れたらしく、腕組みを解いて机に腰《こし》掛《か》けた。

「なるほど。では、おまえら自身で始末をつけろ。リヴァイアサンの気が済むまで人身御供《ひとみごくう》を捧げればいい」

突《つ》き放すアスラに、リースルは顔を伏せたまま「申し訳ございません」と繰《く》り返す。

取りつく島もない言葉を返されても引き下がることはできないのか、震えながらでも陳情《ちんじょう》を続ける度胸は見事だ。

「魔王様がお怒りになるのは当然です。自業自得《じごうじとく》だと言われることも承知で、お願いを申しております。どうか……どうか」

「その身を弄《もてあそ》ばれて生きながら喰われようと、同じことを言えるか」

「……はい」

消え入りそうな声だったけれど、どんなことでも受け入れると決意の滲《にじ》む返事だ。

ヤシャには、アスラの纏《まと》う空気がますます剣呑《けんのん》なものになるのがわかった。もどかし気に片手で自分の髪を掻《か》き乱し、「愚かだな」と吐《は》き捨てる。

「小娘《こむすめ》一人を差し出したところで、俺が人のために手を貸すと思われているのなら心外だ。無《む》駄足《だあし》だった。帰るぞ、マスティマ。どうなろうが、俺は知らん」

浅く腰掛けていた机から離《はな》れたアスラは、リースルを一瞥《いちべつ》もせずその脇《わき》を通り抜《ぬ》けてマスティマを促す。

肩《かた》にとまったジズの羽繕《はづくろ》いをさせられていたマスティマは、一つうなずいてヤシャに目を向けてきた。

「はい。ヤシャ殿《どの》、失礼します」

「……夜分に呼びつけて、申し訳ありませんでした」

大股《おおまた》で歩を進めるアスラは、頭を下げたヤシャを振《ふ》り向くことなく扉《とびら》を出て行く。子どもじみた不機嫌《ふきげん》の表現だが、ヤシャに言えることはなにもない。

アスラとマスティマが出て行き、シン……と静まり返った小屋にジズの羽音が響《ひび》いた。

『感情を抑《おさ》えられぬとは、アスラもまだまだ子供だ』

リースルの座る椅子《いす》の背もたれにとまり、小刻みに震える肩を嘴の先で突《つつ》く。どうやら、慰《なぐさ》めているつもりらしい。

「仕方ありません。リヴァイアサンは理知的で美しく、魔王にとっても愛《いと》しい存在です」

ヤシャがリヴァイアサンに接したのは、先代から『魔法遣《まほうつか》い』を継《つ》ぐ直前の一度きりだ。代《だい》替《が》わりを報告すると、深海の色を持つ瞳《ひとみ》でヤシャを見下ろした。

純白の角は冠《かんむり》のように頭上を飾《かざ》り、白銀の鱗に覆《おお》われた小山ほどもある海龍《かいりゅう》は、魔族でありながら聖獣と呼ばれるのにふさわしい美しい姿だった。

あの鱗を目当てに無意味に傷つけられたのが事実なら、ヤシャの胸にも不快感が湧《わ》く。

アスラの怒りも理解できるので、リースルを慰める言葉は浮《う》かばない。

ヤシャの仲介《ちゅうかい》も期待できないと悟《さと》ってか、リースルはますます身を小さくして「ごめんなさい」と零《こぼ》した。

ヤシャを見上げたジズが、『本質を見誤るな』と翼《つばさ》を広げる。

『アスラが苛立っていたのは、リヴァイアサンを傷つけられたことだけが理由ではないだろう。保身を図《はか》るため弱きものを差し出す人の愚かさに、今更《いまさら》ながら腹を立てているのだ。まったく……魔王らしくない面倒《めんどう》な気質《きしつ》だ』

「それは、……私にはわかりかねます」

アスラの気質が、歴代の魔王と異なることは知っているつもりだ。それでも、この小さな少女を憐《あわ》れむような情があるのかどうかまでは、読めない。

「このままでは、村に帰れません」

託《たく》された責任を果たせなかったと嘆《なげ》くリースルに、ヤシャは仕方がないなとため息をついた。

成り行きとはいえ、話を聞いてしまったのだ。アスラのように、「知らん」と切り捨ててそっぽを向くのは気が咎《とが》める。

「どれほど効果があるかは不明ですが、私がリヴァイアサンの傷を癒《い》やす薬を持って訪ねてみましょう」

ヤシャの調合する薬は、人に効果があるもの、魔族に効果があるもの、どちらにも効くもの……と多岐《たき》に亘《わた》る。

高等な魔には効かない薬も多いのだが、最上級の秘薬ならば、リヴァイアサンの傷を治癒《ちゆ》できるかもしれない。

「……魔法遣い様」

のろのろと顔を上げたリースルは、涙に濡《なみだぬ》れた瞳でヤシャを見てくる。そっとうなずきを返すと、泣き笑いを浮かべて頭を下げた。

「ありがとうございます。……ありがとう、ございます」

涙声で礼を繰り返されるのは、どうにも居心地《いごこち》が悪い。

暖炉《だんろ》に薪《まき》をくべる素振《そぶ》りでリースルに背を向けると、淡々《たんたん》とした口調で釘《くぎ》を刺《さ》しておいた。

「リヴァイアサンが機嫌を直すかどうかは保証できないのだから、過剰《かじょう》な期待はしないでいただきたい。それでも構いませんか」

「もちろんです」

リースルは、一筋の希望の光を見たと言わんばかりに、声を弾《はず》ませている。

過剰な期待はするなというヤシャの言葉など、耳に届いていないのかもしれない。

「では、夜明けを待って出発しましょう。今夜はこちらで休むといい。落ち着かないようでしたら、私は森で一夜を過ごします」

そう口にしながら振り向くと、リースルは喜色ではなく戸惑《とまど》いを浮かべた表情でヤシャを見ていた。

先ほどは、満面の笑《え》みを想像できる明るい声だったのだが。やはり、『魔法遣い』の住処《すみか》で夜を明かすのは不安だろうか。

自分は早々に姿を消したほうが、リースルのためかもしれない。

「結界を張っておきます。獣《けもの》も魔族も近づきませんので、ご安心ください。私に用がありましたら、ジズに言っていただければ……」

「あっ」

出て行こうと扉に向かうヤシャの袖《そで》を、リースルの手が摑《つか》む。動きを止めたヤシャは、「失礼しました」と手を引いたリースルを見下ろした。

「いいえ。魔法遣い様を追い出そうなどと、思っていません。こちらで過ごさせていただいて、本当にいいのでしょうか」

戸惑いのわけは、ヤシャと同じ空間で過ごすことではなく宿を借りることへの遠慮《えんりょ》だったのだと知る。

リースルに、遠慮などしている場合ではないと自覚するよう、窓の外の暗闇《くらやみ》を指差しながら告げる。

「あなたを、夜の森に放《ほう》り出すわけにはいきませんから。数歩も行かないうちに、獣か魔物の餌食《えじき》です」

「……お言葉に甘えます」

ヤシャの思惑《おもわく》通りに、リースルは頬《ほお》を引き攣《つ》らせてぎこちなくうなずいた。魔王に喰《く》われる覚悟《かくご》までしていたらしいので、人に限りなく近い姿の『魔法遣い』など恐《おそ》れるものではないのかもしれない。

椅子の背に飛び移ったジズが、リースルの髪《かみ》を軽く啄《ついば》んで声をかける。

『我も共にいるのだから、安心せよ』

「ありがとう」

張《は》り詰めていた緊張《きんちょう》がようやく解けたのか、ジズに向かって微笑《ほほえ》んだリースルは、これまで以上に幼く見える。

自分たちは安全な地にいながら、この少女を人身御供として差し出そうとした村人たちには、少しばかり怖《こわ》い思いをしてもらったほうがいいかもしれない。

さて、恐怖《きょうふ》にも種類があるが、どうしてくれようか……思案しながら、リースルに貸し出す防寒具を探すため物置を覗《のぞ》いた。

《五》

リースルの村は、海の近くだと言っていた。南の地でも、森から遠く離れた地域だ。急いで往復しても、四、五日はかかるだろう。

長く留守にすることを前提に、小屋の周りの結界を普段《ふだん》より強固にする。

「行きましょうか」

「……はい。お願いします。あの、荷物はなくても大丈夫《だいじょうぶ》なのですか？」

懐《ふところ》に秘薬の瓶《びん》を携《たずさ》えて、黒いマントを羽織った。ヤシャの装いに、リースルは心配そうな顔をしているが、これで十分なのだ。

「灯《あか》りが欲しいと思えば指先一つで火を熾《おこ》すことはできますし、私は人と異なるので寒さや空腹を感じません」

人ならば食料や野営の道具やらが必要となるはずだが、しばらく飲まず食わずでも衰弱《すいじゃく》することのないこの身は便利だ。

ヤシャの言葉に、リースルは「魔法遣い様は、やはり特別ですね」と感心したように納得《なっとく》している。

「あなたには、食料も必要でしょう。それで、足りますか？」

「もちろんです。お心遣《こころづか》いありがとうございます。朝食にいただいた魔法遣《まほうつか》い様のお手製のパン、とても美味《おい》しかったです」

　リースルは肩《かた》に下げた布袋《ぬのぶくろ》を軽く叩《たた》き、ペコリと頭を下げた。

　自分には不要でも、リースルには必要不可欠だろうと保存の利《き》く乾《かん》パンを持たせている。時おり迷い込む人のために備えてあったものが、役に立った。

「ああ……森を抜《ぬ》けたら、その呼び方は控《ひか》えてください。ヤシャと、名で呼んでいただいて結構です」

「あっ、そうですね。わかりました」

　人にはあまり、『魔法遣い』という言葉を聞かれないほうがいい。情報の行き届かない人のあいだでは、『魔法遣い』は得体の知れない魔族と同列の存在だ。

　知らないものは、恐怖でもある。捕《と》らえようと、襲《おそ》ってくることも考えられる。

　降りかかる火の粉は遠慮なく払《はら》わせてもらうつもりだが、自分が原因で面倒な騒動《そうどう》になるのは避《さ》けたい。

　樹々《きぎ》の葉のあいだを抜けて降り注ぐ朝陽の中、頭上を飛ぶジズの羽音を聞きながらゆっくりと小道を歩く。

　リースルに合わせた歩調でも、太陽が空の天辺《てっぺん》へと昇《のぼ》り切る前に森の外れに辿《たど》り着いた。

「昨日は、もっと長く感じたのですが……半日もかからずに森を抜けられるのですね」

「恐怖を抱《かか》えての道程は、実際よりも長く感じて当然です。……ジズ？」

悠々《ゆうゆう》と空を飛んでいたジズが、バサバサと羽音を立てて舞《ま》い降りヤシャの肩にとまった。直後、ジズが口を開く前に馴染《なじ》みのある気配を察知して振《ふ》り返る。

風に吹《ふ》かれてふわふわと揺《ゆ》れる黄金の髪が、大樹の陰《かげ》に隠《かく》れ切っていない。

「そちらで、なにを？」

それで隠れているつもりか……と吐息《といき》をついたヤシャは、目を細めて声をかける。

「魔法遣……ヤシャ様？　なにか……あっ」

ヤシャが立ち止まったことを不審《ふしん》に感じてか、リースルがヤシャの視線の先に目を向けて、ビクリと肩を震《ふる》わせた。

直視しなくても、重々しい空気は伝わってくるはずだ。昨夜自身の浴びた、独特な威圧感《いあっかん》と激烈《げきれつ》な『魔』の気配は忘れていないだろう。

怯《おび》えるリースルの壁《かべ》になるつもりで前に立ち、大樹に向かって話しかけた。

「こんなところまで来られるのは、珍《めずら》しいのでは。まるで、追われている気分です」

「……今朝、城にやって来たジズから聞いた。リヴァイアサンは、俺の身内だ。ヤシャだけに任せてられん」

昨日は完全に相手にしない素振りを見せたせいか、珍しく気まずそうな顔をした黄金の髪の主が樹の陰から姿を現した。

確かに、リースルのために朝食を準備している時、姿の見えなかったジズは外から戻《もど》ってきた。

早朝、ジズが森の空気を吸いに行くのは珍しいことではない。だから、どこに出かけていたのだと尋《たず》ねもしなかったのだが、北の魔城を訪《おとず》れていたらしい。

アスラに告げ口をしたな、と横目で見遣《みや》ると、ジズは明後日《あさって》の方向に顔を向けて素知らぬふりをしている。

「リヴァイアサンの様子も気になることだし、ヤシャとリヴァイアサンがどのようなやり取りをするのか知らずにいるのも面白《おもしろ》くない」

言い訳じみた回りくどい台詞《せりふ》だが、アスラも同行してリヴァイアサンの気を鎮《しず》めるのに助力するということだろう。

「異論はないだろう？」

申し出を拒《こば》んだりしないだろうな、と紫《むらさき》水晶《ずいしょう》の瞳《ひとみ》がヤシャに是非《ぜひ》を問うてくる。

リヴァイアサンがどの程度気を荒立《あらだ》てているのか、リースルの話から正確な様子を推測することは困難だ。

近づくこともできない可能性があるのだから、魔族の頂点に立つアスラの存在は心強い。

「リヴァイアサンを宥《なだ》めるためには、ありがたいですが……気になるようなら、あんな言い方をしなければよろしいのに」

結局はリースルの求めに応じるのなら、露悪的《ろあく》とも言える言動で無意味に脅《おど》す必要はなかったのでは。

そう呆《あき》れの滲《にじ》む声で口にすると、ムッとした様子で顔を背《そむ》ける。

「あれは……ヤシャがその娘《むすめ》に肩入れするから、面白くなかっただけだ」

拗《す》ねていた、ということか。

魔王の威厳《いげん》はどうした……と嘆息《たんそく》しかけたけれど、思えば最初から、ヤシャには『魔王らしさ』など感じさせなかったか。

アスラの背後に控えるマスティマと、無言で視線を交《か》わす。

目礼を返してきたマスティマは、アスラの気まぐれに従うことには慣れているとばかりに苦《く》笑《しょう》を滲ませた。

「では、リヴァイアサンの気を鎮めるのに助力していただけると」

「人のためではないからな」

念を押しておいて、ヤシャと肩を並べる。しかし、本能的にアスラを警戒《けいかい》して身を竦《すく》めるリースルと旅路を同じくするのは不可能だろう。

アスラの纏《まと》う『魔』の気は、人には猛毒《もうどく》だ。近くで浴び続けることで、心身に異常をきたす恐《おそ》れもある。

「リースル。近くの村まで送りますので、その先は一人で行けますか？　私たちは、別の道を使います」

「森までも、一人でしたし……私は、ここから一人で大丈夫です」

足元に視線を落としたリースルは、ヤシャの問いにコクコクとうなずいてアスラに背を向けた。

「あとは……リースルの身に着けている手拭《てぬぐ》いか、髪留めを貸してください。そちらの気配を追えば、村まで辿り着けます。村の人には、魔王が訪れるとは告げないでください。魔法遣いと、その同伴者《どうはんしゃ》がやって来るとだけ話しておけば十分でしょう」

リヴァイアサンを落ち着かせるため、苦肉の策として魔王に助力を求めたとはいえ、自らやって来るとなればどのような騒動となるかわからない。

幸い、アスラの外見から『魔王』であることを見破るのは容易ではないはずなので、身分を隠しておいてもらおう。

ヤシャの言葉に、リースルは「承知しました」と表情を引き締《し》めた。

「では、こちらを」

小花の刺繍《ししゅう》が施《ほどこ》された手拭いを受け取り、懐にしまい込んだ。

道案内をされなくても、この手拭いの持ち主を追跡《ついせき》することでリースルの居場所を探《さぐ》り当てられる。

「ま、魔王様。……ありがとうございます」

震える小声だったけれど、頭を下げてアスラへと礼を告げると、歩き出す。

「おまえのためではないと言っただろう」

返すアスラの声は冷淡《れいたん》で、リースルはまたしてもビクリと肩を震わせて足を止めた。振り返ることなく、気丈《きじょう》に「それでも、ありがとうございます」と繰《く》り返して歩みを再開させる。

恐怖心《きょうふしん》が勝《まさ》ってか、リースルは昨夜から一度もまともにアスラを見ていない。瞬間的《しゅんかん》にでも目を合わせていたら、アスラに心酔《しんすい》してこれほど恐れることはないだろう。

もしかしてアスラは、魔眼で惑《まど》わせることがないように、意図してリースルと視線を合わせないようにしているのだろうか。

アスラは、ヤシャの知る先代や先々代の魔王とは異なり、無差別に人や魔族を傅《かしず》かせて楽しむ気質《きしつ》ではない。

気慰《きなぐさ》みとばかりに、無分別に魔眼の力を利用して誰彼《だれかれ》構わず虜《とりこ》にするわけではないことは、ヤシャもわかっている。

ジズの言葉を借りるまでもなく、『魔王らしくない』と改めて感じる。

「では、行くぞ。時を無駄《むだ》にするな」

『後から合流したくせに、尊大な言い様だな』

ヤシャを急《せ》かしたアスラは、ジズの抗議《こうぎ》をふんと鼻で笑うと、背後に控えるマスティマを視線で促《うなが》した。

先を行ったリースルは、既《すで》にその姿が見えなくなっている。

人の娘と旅路を同じくするのは、少しばかり気が重かった。その点アスラなら、あらゆる意味で気を遣《つか》う必要がないので楽だ。

「……無論、最善は独りきりですが」

頭に浮《う》かんだ「アスラのほうが」という思考を独り言で否定して、数歩先を歩くアスラの背を追った。

□　□　□

自分もアスラも疲労《ひろう》とは無縁《むえん》なので、休憩《きゅうけい》を取る必要はない。ただ、リースルを追い抜《ぬ》いてしまうのは避《さ》けたい。

日没《にちぼつ》を合図に人里から離《はな》れた山の中で野営をすることにして、大木の洞《うろ》に潜《もぐ》り込んだ。当然のようにアスラがヤシャの隣《となり》に座り込み、「あれ？」と首を傾《かし》げる。

「ジズと、マスティマもどちらへ……？」

いつからジズとマスティマの姿が見えなかったか、記憶《きおく》を探っても定《さだ》かではない。山道を登り始めた時は、いたような……いなかったような。

ヤシャのつぶやきに、アスラが小さく肩《かた》を揺《ゆ》らした。

「今頃《いまごろ》気がついたのか。マスティマは、寄るところがあるからしばらく別行動だ。ジズは、南の地にしかない果物だか花だかを食うと言って、飛んで行ったぞ。聞いてなかったか？」

「慣れない山道を歩くことに、集中していましたので」

言い訳は無様だと思いつつ、周囲に意識を向けていなかった理由をポツリと口にする。

森の中は歩き慣れているが、起伏《きふく》のある山道は森とは全然違《ちが》う。太い木の根が張り出していたり、崩《くず》れやすい斜面《しゃめん》を登ったり、足元にばかり注意していた。

「有翼魔《ゆうよくま》を呼んで、飛ぶこともできるが」

「人に見られたら面倒《めんどう》ですし、リースルより先に村に着くわけにもいかないので、結構です。アスラは、私につき合わなくても構いませんよ」

アスラこそ、一声かければ空を飛ぶことのできる魔族が大挙して押し寄せてくるだろう。魔王の呼びかけに応じることは、至上の喜びのはずだ。

マスティマがどんな用で別行動をしているのかわからないが、そちらにつき合ってもよかったのに……。

「相変わらず冷たいな。俺が、ヤシャと一緒《いっしょ》にいたいだけだ」

「あなたこそ、相変わらず物好きな」

ヤシャと一緒にいたいという理由で、人のように山道を歩くことを選択《せんたく》したと口にするアスラに、呆れたように言い返す。

自分と一緒にいることのなにが楽しいのか、本気で疑問だ。

「ヤシャ、火を熾せ」

唐突《とうとつ》に手首を握《にぎ》られて、眉《まゆ》を顰《ひそ》めた。

ヤシャは、人の中に交じっても違和感《いわかん》のない細身の体格だ。頭一つ半ほど背が高く手足が長い上に、骨格も頑健《がんけん》なアスラと並んでいると、明らかに小柄《こがら》だと認めざるを得ない。弱々しい存在になったみたいで、気分はよくない。

「アスラも、火を生じることくらいできるでしょう」

手首に絡《から》む長い指を剝《は》がすと、どうして自分に火を熾させようとするのだと不満を零《こぼ》す。

だいたい、自分もアスラも夜の闇《やみ》に視界を奪《うば》われることはない。灯《あか》りがなくても、近づいて来るものがいれば視認《しにん》することは可能だ。

ヤシャは「ご自分でどうぞ」とばかりに拒否《きょひ》したのだが、アスラは引くことなく、今度は指先を摑《つか》んでくる。

「俺の火は、黒炎《こくえん》だ。ヤシャの、紅蓮《ぐれん》の炎《ほのお》が好きなんだ」

パッとアスラの指先に浮かんだ火は、瞬時に夜の空気に溶《と》け込む。陽《ひ》の光の下では、黒炎のほうが際立《きわだ》つけれど、闇の中では周囲を照らすことはない。

「ほら、減るものでもないだろ」

「何度も触《ふ》れないでください」

指先をギュッと握られて、ますます眉根《まゆね》を寄せながらアスラの手から逃《のが》れた。

常に体温が低いヤシャには、炎を生じさせたばかりのアスラの手がやけに熱く感じた。アスラ以外に、ヤシャに触れようとする人も魔族もいないので、他者との比較《ひかく》はできないけれど……肌《はだ》に残る体温は妙《みょう》な感じだ。

胸の奥がざわざわする。これがなにかわからなくて、アスラの隣にいることを息苦しく感じる。

これ以上、アスラに触れられるのは避けたい。胸に渦巻《うずま》く説明のつかない感覚がこれ以上育ってしまえば、アスラに見抜《みぬ》かれそうだ。

「仕方ありませんね」

執拗《しつよう》な欲求に負けた、という素振《そぶ》りで指先に火を灯《とも》す。手を振《ふ》って地面に小さな火を落とすと、土が燃えているかのように赤い炎が立った。

「やはり美しい。人が何故《なぜ》、暗闇を恐《おそ》れて火を灯そうとするのか、わかる気がする」

「……私は、わかりません」

魔王の口から、人の気持ちがわかる気がするという台詞《せりふ》が出るとは、人の聖職者が耳にすれば目を剝《む》いて卒倒《そっとう》しそうだ。

南の地に出向いた際、偶然《ぐうぜん》説法を聞いたことがある。彼らが言うには、『魔物』には人のような心や理性はなく、欲望のまま行動する。悪とされているすべてのものに精神を支配されている醜悪《しゅうあく》な存在だと、尤《もっと》もらしく主張していた。

ヤシャの肩で共に聞いていたジズが、耐《た》えられなくなったように『ククク』と笑い声を漏《も》らしたことで注目を集め、人の輪から外れたのだが……あの後も、同じような話が続いたに違いない。

その『魔物』の頂点に君臨する『魔王』が、光を集めて作られたような煌《きら》びやかな容姿を有しており、終焉《しゅうえん》の近づく『魔』を吸収することで魔族も人までも救っているのだと、ヤシャが事実を説いても絶対に信じないだろう。実際の『魔』がどんなものかなど、知ろうともしないはずだ。

「俺が見張っておくから、少し休めばいい」

ヤシャの口数が減った原因が、疲労にあると思ったのだろうか。力強く左肩を抱《だ》き寄せられ、右側にいるアスラに身をもたせ掛けることになる。

「休息のための眠《ねむ》りは、必要ありません」

アスラもヤシャも、人と違い、肉体の疲労を眠りで癒《い》やす必要はない。説明されなくても知っているはずなのに、妙な台詞だ。

ある。

「不要であっても、眠れないわけではないだろう。眠りは娯楽《ごらく》の一つだ」

確かに、必要ではなくても眠ることができないわけではない。睡眠《すいみん》も食事も、魔族の中では純粋《じゅんすい》な娯楽に位置付けられており、快楽を得る手段の一つでは

「私には、娯楽も不要です」

「そうか？　不快でなければ、このままでいろ」

いつものヤシャなら、即座《そくざ》にアスラの手を突《つ》っ撥《ぱ》ねて、離れろと睨《にら》みつける。それなのに、今は身体《からだ》が動かない。

不快でなければ、という言い方には反発し難《にく》い。繰《く》り返される口説き文句を拒《こば》んでいても、アスラのことが嫌《きら》いなわけではないのだ。

慣れない山道を歩いたせいで、手足が機能を低下させているのだろうか。疲労は感じないのだけれど、肉体的には消耗《しょうもう》していないわけではない……。

なにより、容易に振り解《ほど》けないほどアスラの力が強いのだ。

動けないことの理由をいくつも挙げて、だから仕方がないとアスラに身を預ける。

「人を見捨てられないヤシャは、自分で思うより心優《やさ》しいな」

「……中立の立場を、守っているだけです。リースルの頼《たの》みだから受けたのではなく、リヴァイアサンのことも気になりましたし」

「ふ……そうだったな」

ぽつぽつと答えたヤシャの髪《かみ》を、アスラが指に絡める。魔族には多い黒髪など珍《めずら》しいものではないはずなのに、繊細《せんさい》な硝子《ガラス》細工に触れているようにやんわりと指先で撫《な》でられて、奥歯を噛《か》んだ。

眠りは必要ない。

でも……とろりと意識が霞《かす》んでいく。

地面で揺らめく小さな炎が、アスラの髪を夜の闇に浮《う》かび上がらせている。視界の隅《すみ》に映る光は、瞼《まぶた》を伏《ふ》せても余韻《よいん》を漂《ただよ》わせ……美しかった。

□□□

バサバサと、頭上から聞こえてきた羽音で意識が浮上《ふじょう》した。

ずいぶんと大きな鳥の羽ばたきだ。

「ん、ジズ?」

瞼を開くと、山全体が薄《うっす》ら明るくなっている。いつの間にか夜が明けたらしい。視界を霞ませる朝靄《あさもや》も、日が昇《のぼ》るにつれて晴れるだろう。

先ほどの羽音はジズのものだと思ったのだが、その姿は見えない。

「え……ぁ！」

瞬《まばた》きをしたと同時に、右側に座るアスラに頭を預けていることに気がついた。慌《あわ》てて身体を離《はな》し、失態を詫《わ》びる。

「失礼しました」

「なんだ、もう仕舞《しま》いか。いい気分だった」

ヤシャが頭をもたせ掛《か》けていた自分の左肩を指差したアスラは、上機嫌《じょうきげん》で笑っている。

いつになく距離《きょり》の近いアスラに、なにがあったと自問するまでもなく、夜の記憶《きおく》が一気に押し寄せてきた。

「寝入《ねい》るつもりは、なかったのですが」

「気にすることはない。眠れと言ったのは俺だ」

目を閉じて意識を落とし、恐ろしく無防備な姿をアスラに曝《さら》け出していた。我《われ》ながら、信じられない不覚の事態だ。

地面の焦《こ》げ跡《あと》に視線を泳がせたヤシャは、動揺《どうよう》を押し隠《かく》して「申し訳ございません」と謝罪を重ねた。

前回完全に意識を手放したのは、百年以上前だったか。大規模な戦争の危機に瀕《ひん》した魔族《まぞく》と人の争い事の仲裁《ちゅうさい》に入り、ひどく疲弊《ひへい》した心身を休めた時以来だ。

アスラに対して、警戒心《けいかいしん》を失《な》くしていたということの証拠《しょうこ》でもある。

もとより、アスラに危害を加えられるかもしれないという不安は抱《いだ》いてないけれど、それにしても無防備すぎるだろうと奥歯を噛み締《し》めて自分を責めた。

自責の念に駆《か》られて言葉を失っているヤシャの前に、黒い影《かげ》が舞《ま》い降りる。

『ヤシャ、娘《むすめ》は間もなく村に着くぞ。運よく向かう方角が同じ荷馬車に拾われて、乗せてもらったようだ』

「ジズ。……それは、良かった」

ジズの登場によって、アスラと二人きりの空間から解放されたことにホッとした。

うなずきはぎこちないものだったかもしれないが、立ち込める朝靄がヤシャの動揺を隠してくれるはずだ。

少しでも早く平静を取り戻《もど》したくて、ジズに夜のあいだどこにいたのか問う。

「まさか、一晩中リースルを追っていたんですか？」

『いいや。娘が馬車に乗り込んでからは、山の麓《ふもと》に見つけた木の実を啄《ついば》んでいた。どうだ、羽の艶《つや》が増しただろう』

ヤシャの前で片方の翼《つばさ》を広げて見せながら、ご満悦《まんえつ》の様子だ。

正直なところ、どこがどう違《ちが》うのかわからないのだが、「そうですね」とうなずいた。

ヤシャがアスラの肩《かた》を借りて眠っていたことには気がついていないらしく、安堵《あんど》する。ジズに知られれば、アスラにそれほど気を許したのかと揶揄《やゆ》されそうなので、隠していよう。

「では、あの娘《むすめ》を追い越《こ》す懸念《けねん》はなくなったのだな。出発するか」

ジズとヤシャのやり取りを聞いていたアスラが立ち上がり、自然な仕草で右手を差し出してくる。

気を抜《ぬ》いていたヤシャは、ふらりとその手を取ってしまいそうになり、慌てて引っ込めた。

「か弱い人の子ではありませんので、お気遣《きづか》いは無用です」

これまで通り、感情を込めない冷淡《れいたん》な声で拒否《きょひ》できたはずだ。

土埃《つちぼこり》を払《はら》ったマントを頭からすっぽり被《かぶ》れば、アスラの目から顔を隠すことができる。

「人の目を避《さ》けるつもりだろうが、そう黒ずくめだと逆に悪目立ちしそうだぞ」

「……それでも、『魔王』と『魔法遣い』の二人連れだと見破る人はいないでしょう」

本心を言わせてもらえば、アスラの派手な容姿こそマントで覆《おお》い隠したい。そうして隠したところで、滲《にじ》み出る威圧感《いあつかん》は抑《おさ》えようがないとは思うけれど。

『早足なら、日暮れまでに着くだろう』

飛び立ったジズは、森とは異なる南の地の山を楽しそうに遊覧している。先ほどより靄が晴れたので、空からの眺《なが》めはよさそうだ。

「こうして見ると、鳥だな」

「ジズの基本体は梟《ふくろう》です。今まで、なにに見えていましたか？」

空を仰《あお》いだアスラのつぶやきに、怪訝《けげん》な面持《おもも》ちで聞き返した。

ジズは人の姿を取ることも可能だが、基本は梟だ。それ以外の『なにか』に見えていたのなら、不可解としか言いようがない。

「んー……やけに威勢がよくて口うるさい、俺を小僧扱《こぞうあつか》いするジイサン」

ヤシャの疑問に、アスラは笑《え》みを含《ふく》んだ軽口で答えた。

目に映る部分ではなく、感覚的な意味での見え方だ。魔王の目にだけ特殊《とくしゅ》な姿に見えていたわけではないのかと、緊張《きんちょう》が解ける。

「まぁ、ジズは私の倍以上の年齢《ねんれい》ですから、間違《まちが》いではありません。先代の魔法遣いにも、眷《けん》属《ぞく》として仕えていました」

「……そこまでジイサンだったのか」

悠々《ゆうゆう》と空を飛んでいるジズの耳に入れば、確実に怒《おこ》られる会話だ。

自然と頬《ほお》を緩《ゆる》めそうになり、こちらを振《ふ》り返ったアスラと視線が合ったことで慌てて引き締める。

「急ぎましょう。リヴァイアサンが気がかりです」

顔を背《そむ》けて身体の向きを変えることで、アスラの視線から逃《のが》れた。

ヤシャは普段《ふだん》、心臓が自分の胸にも存在すると意識することはない。でも、アスラと視線を交《か》わした時は鼓動《こどう》を響《ひび》かせて、そこにあるのだと感じる。

アスラの魔眼に惑《まど》わされているわけでもないのに、無意味に脈動してヤシャを困らせる。

「娘の話だと、リヴァイアサンは季節の変わる前から荒《あ》れている。今更《いまさら》急いだところで、大して意味はなさそうだが」

「それでもです。こうして、すぐ近くまで来ているんですから」

歩みの鈍《のろ》いアスラを急《せ》かし、すっかり朝靄の晴れた山道を進む。

少しでも早く用を済ませて、この旅を終えたかった。

アスラと共に過ごす時間が長くなればなるほど心を乱されて、これまでの自分ではいられなくなりそうだ。

吐息《といき》に乗せて得体の知れない恐怖《きょうふ》を追い出すと、心を無にして早足で歩き続けた。

《六》

リースルの待つ村に着いたのは、日暮れの直前だった。

先に飛んで行ったジズにヤシャたちの到着《とうちゃく》を知らされたらしく、長老らしき老人や数人の男がリースルと共に待ち構えている。

「お待ちしておりました、魔法遣い様……と、お連れ様」

老人に恭《うやうや》しく頭を下げられて、「畏《かしこ》まらなくて結構です」と制する。

ヤシャが言い聞かせた通り、『魔法遣い』の同伴者《どうはんしゃ》が『魔王』であることは他言していないようだ。

「もう日が暮れます。食事と寝所《しんじょ》を用意しますので、今宵《こよい》は村にお泊《と》まりになってください。夜が明けましたら、若いのに案内させます」

老人の言葉で仰いだ空は、アスラの瞳《ひとみ》の色によく似ていた。

一言も発しないアスラに視線を移すと、魔眼で惑わせることがないように配慮《はいりょ》してか、村人たちに背を向けている。

「……せっかくのお心遣いですが、私たちに食事は不要です。寝所も必要ありませんので、お気になさらず。それに夜のほうが、リヴァイアサンは姿を現しやすいでしょう。このまま向かいます」

「ですが、ここまでご足労いただきながら持て成しもできぬとは」

恐縮《きょうしゅく》する老人を前に、固辞する理由を探して視線をさ迷わせた。アスラは人との会話をヤシャに任せて、腕《うで》にとまらせたジズとなにやら話している。

「連れは、他者との交流が苦手でして。慣れない人がいると気が休まりませんので、どうかお構いなく」

アスラに、理由をすべて押しつけてやろう。人を避けなければならない原因がアスラにあることは、事実なのだ。

「そうですか。では……リヴァイアサンが塒《ねぐら》にしている岩場まで、ご案内します。おい」

「……はい。我々について来てください」

老人が促《うなが》すと、控《ひか》えていた青年が二人、緊張の面持ちで歩み出る。

リースルから聞いているはずだが、初めて接する、得体の知れない『魔法遣《まほうつか》い』を恐《おそ》れているようだ。

更に年若いリースルを、たった独り、人身御供《ひとみごくう》として差し出そうとしたくせに……と苦々しいものが胸の奥から込み上げる。

これだから、時おり利己的な『人』が疎《うと》ましくなるのだ。中立でいなければならないと、自分に言い聞かせなければならないほど……。

「案内は不要です。リヴァイアサンを癒《い》やすには、人の気配がないほうがいい。身を潜《ひそ》めていても、私が呼びかければ姿を現すでしょう」

忌《い》ま忌ましさがそのまま表れた、冷たい口調になってしまったかもしれない。

ヤシャの纏《まと》う冷気に圧されたのか、ビクリと足を引いた青年たちに代わり、リースルが「あの」と一歩踏《ふ》み出す。

「では、お任せします。どうか……よろしくお願いいたします」

「必ず鎮《しず》めると約束はできませんが、リヴァイアサンのためにも努力はします」

うなずいたリースルと視線を交わして、背を向ける。すぐ近くだという海は見えないが、独特の匂《にお》いは感じる。

彼らに語った通り、リヴァイアサンは呼びかけるまでもなく姿を現すだろう。ヤシャよりも、アスラの『気』に惹《ひ》かれて無視することはできないはずだ。

「行きましょう」

「ああ」

少し離《はな》れたところに立つアスラを促して歩き出した直後、背後にいる村人たちの潜めた声が聞こえてきた。

聞き耳を立てるまでもなく、風に乗って届けられる。

「あのような美しい黄金の髪《かみ》は、初めて目にする。お顔も見せないとは、ずいぶん身分の高い方だろうか」

「王都の貴族様かもしれないな。魔法遣い殿《どの》の連れならば、どのような身分の人物だろうと不思議ではない」

「ああ、近寄り難《がた》い高貴な空気を纏っておられる」

こそこそ交わされる言葉は、的外れなものばかりだった。

やはり、この煌《きら》びやかな容姿の持ち主が『魔王』だとは想像もつかないのだ。人は、目に見えるものに惑わされすぎる。

ヤシャと肩《かた》を並べたアスラの耳にも、彼らの会話は聞こえているのだろう。低く笑い、金色の髪を指先で摘《つ》まむ。

「はっ……この髪は、どうしても目立つか。推測は外れだと笑い、正体を明かしてやりたくなるな」

「誰《だれ》も信じませんよ」

アスラが「俺は魔王だ」と宣言したところで、信じる人はいないはずだ。紫水晶《むらさきずいしょう》の瞳と目を合わせて心を奪《うば》われ、それでも魔王の魔眼に心酔《しんすい》しているとは思わずに魅了《みりょう》されるのは、考えようによっては幸せかもしれない。

『アスラの禍々《まがまが》しい美も見抜《みぬ》けぬとは、人とは不憫《ふびん》な生き物だ』

アスラの腕にとまっていたジズが、愉快《ゆかい》そうに身体《からだ》を揺《ゆ》らした。

「しかし、彼らも自覚なく怯《おび》えていたではありませんか。近寄り難いと感じるのであれば、防衛本能は備わっているのではないでしょうか」

『ククク。人は、いつの時代も変わらぬ。浅はかで狡猾《こうかつ》で愚《おろ》かだな』

首を上下させて笑ったジズが、大きく羽ばたいて夕暮れの空に飛び立つ。

大きな黒い梟《ふくろう》が飛ぶのを目にしたのは初めてなのか、ヤシャたちを見送っていた村人が騒然《そうぜん》となった。

「なんだっ、あの鳥は!」

「魔法遣いの手下では」

「なんと……あれほど黒いのだから、魔物ではないのか?」

ジズは、指差して騒《さわ》がれることを予想していながら、わざと彼らから見えるところで空を舞《ま》ったのだろう。

今頃《いまごろ》はきっと、飛びながら楽し気に首を上下させて笑っている。

「ヤシャは俺に向かって悪趣味《あくしゅみ》だと言うが、あれは?」

ジズを見上げたアスラは、目を細めて苦笑《くしょう》している。そして、故意に人を煽《あお》るあの行動はどう呼ぶのだと尋《たず》ねてくる。

「多少捻《ひね》くれた楽しみ方ですね」

ヤシャの返答に、アスラは「ずいぶん扱《あつか》いが違《ちが》うんじゃないか」と不満を零《こぼ》す。

拗《す》ねた物言いが『魔王』に似つかわしくなくて、俯《うつむ》いて顔を隠《かく》したヤシャはひっそり唇《くちびる》に微《び》笑《しょう》を滲《にじ》ませた。

□　□　□

風が運ぶ潮の匂いが徐々《じょじょ》に強くなり、打ち寄せる波音が聞こえてくる。ヤシャたちの前を飛んでいたジズが戻《もど》ってきて、頭上を旋回《せんかい》した。

『見えたぞ。海だ』

小さな丘《おか》を越《こ》えると、突如《とつじょ》として目の前が開けた。北の地にある暗い深緑色の海とは異なり、南の海の色は明るい藍《あい》だ。

日は、水平線の彼方《かなた》に沈《しず》んでいる。代わって丸く満ちた月の光が降り注ぎ、周囲に灯《あか》りはなくても海面が白く波立つ様子が見て取れた。

確かに波が高いようだが、漁のための船を出せないほど荒《あ》れているだろうか。

「南の海を見るのは初めてではありませんが、美しいですね」

「ヤシャは、リヴァイアサンと面識があるんだったな。俺は、即位《そくい》直後に北の海まで出向いてきた奴《やつ》と一度逢《あ》ったきりだ」

小道の先は、海に臨《のぞ》む崖《がけ》になっている。

崖の際《きわ》に立ち、眼下の海を見下ろしたアスラに尋ねられて、曖昧《あいまい》にうなずいた。

「私が逢ったのも、たった一度……先代から魔法遣いを継《つ》いだ、三百年ほど前です。面識があると言えるほどではありません」

見上げる大きさの、白銀に輝《かがや》く優美な海龍《かいりゅう》を思い起こす。深海色の静かな瞳で、ヤシャを見下ろした。

普段《ふだん》は海底に眠《ねむ》り、滅多《めった》に姿を現すことはないはずだ。あのリヴァイアサンが海を荒れさせるほど怒《いか》り狂《くる》っているのなら、人の罪は深い。

少し迷い、アスラの隣《となり》に並んだ。

その直後、空気を切る鋭《するど》い音が響《ひび》いて海から吹《ふ》く風が強くなる。飛んでいたジズが空で一回転し、ヤシャの肩に降りてきた。

「ジズ、吹き飛ばされる危険があるので、落ち着くまで離れていてください」

『我はリヴァイアサンなどに負けぬぞ』

「私の気が散ります」

ヤシャの言葉に、ジズは不満そうに『我だけ逃《に》げろと』などと零していたけれど、

「お願いです」

真剣《しんけん》な表情での懇願《こんがん》に、『仕方がない』と言い残して飛び立った。これで、リヴァイアサンに集中することができる。

「来たぞ。リヴァイアサンだ」

「……ええ」

アスラの言葉を受けて見下ろした海面が、大きく上下する。あちこちに渦《うず》を巻き、潮の流れの激しさを物語っていた。

「わかりやすく不機嫌《ふきげん》だな」

小さく笑ったアスラに答えるかのように、海風が激しさを増す。

強風に乗った水飛沫《みずしぶき》が、崖の上にいるヤシャたちのところまで届く。目に沁《し》みる海水に、数回瞬《まばた》きをした。

海面がこれまで以上に隆起《りゅうき》したと同時に、轟音《ごうおん》が響く。白い水柱から現れたのは、純白の角を頭上に冠《かん》した巨大《きょだい》な海龍だった。

『やはり、魔王《まおう》か』

長い首をもたげたリヴァイアサンは、アスラを目に留めて話しかけてくる。ヤシャは、海面から半身を覗《のぞ》かせたリヴァイアサンの姿に眉根《まゆね》を寄せた。

純白の角と白銀に輝く鱗《うろこ》は、記憶《きおく》にあるままだ。海の色の瞳《ひとみ》も、あの日のリヴァイアサンと変わらないものだった。

ただ、怒りから生じる黒い瘴気《しょうき》を全身に纏《まと》わりつかせている。白銀の鱗が所々瘴気に染まり、黒く濁《にご》っていた。

「久方ぶりだな、リヴァイアサン。おまえが傷を負ったと小耳に挟《はさ》んで、見舞《みま》いに来た。具合はどうだ」

『快調に見えるか、魔王よ』

「いいや、絶不調のようだな」

軽口を叩《たた》いている場合かと、横目で見遣《みや》ったアスラの表情は厳しいものだった。語り口は軽くても、リヴァイアサンの現状を見極《みきわ》めようとしている。

「傷はどこだ。俺らは、それを癒《い》やすためにここまで出向いたんだ」

アスラが傷を見せるよう促《うなが》してもリヴァイアサンは答えず、その脇《わき》に立つヤシャへと顔を寄せてくる。

ヤシャとアスラは崖の上にいるにもかかわらず、巨大な海龍の顔は目前に迫《せま》る。長い髭《ひげ》がヤシャの髪《かみ》に絡《から》み、からかうように軽く引っ張った。

ヤシャは、敢《あ》えて動かない。リヴァイアサンの意図は読めないが、不用意に刺激《しげき》しないよう気配を殺してされるがまま身を任せた。

「リヴァイアサン。これは人のように見えて、人とは異なる存在だ」

見かねたのか、アスラの手に肩《かた》を抱《だ》かれてリヴァイアサンから引き離《はな》される。

編み込んだヤシャの髪に絡みつく髭を解いたリヴァイアサンは、角を揺らしてアスラに答えた。

『知っている。魔《ま》法《ほう》遣《つか》いだろう』

ヤシャのことを忘れているわけではないと、よく似た色の瞳が語っている。

アスラはピクリと指先を震《ふる》わせて、ヤシャの肩を抱く手に力を込めた。

「では、脅《おど》すような真《ま》似《ね》は止《や》めろ。おまえの敵ではない」

傷ついたリヴァイアサンにとっては、『魔法遣い』も警戒《けいかい》の対象なのか。

それならば、自分がここにいる理由を知らせるべきだろうと懐《ふところ》を探《さぐ》る。

「これは、私に作ることができる最上級の秘薬です。傷の治りを少しでも早くすることができると思うので、手当てさせてください」

旅の道中で失《な》くさないよう、細心の注意を払《はら》ってここまで持ってきた薬の小瓶《こびん》を取り出し、リヴァイアサンに見せた。

光を透過《とうか》しない黒い小瓶を月明かりに翳《かざ》すと、リヴァイアサンは顔を背《そむ》けて黒い炎《ほのお》を吐《は》いた。

『そのようなものは、通用せぬ。俺に苦痛を与《あた》え続けた傷を癒やすには、魔王……そなたの血が必要だ』

ヤシャの薬を拒絶《きょぜつ》してアスラの『血』を求めるリヴァイアサンに、深く眉根を寄せた。

魔族にとって、『魔王』の血はなにより魅惑《みわく》的な劇薬だと知っている。己《おのれ》の持つ力を増幅《ぞうふく》させ、秘《ひ》めた能力を目覚めさせることさえ可能なのだから、傷を癒やすことくらい難なくできるだろう。

でも、だからこそ易々《やすやす》と与えられるものではない。

「それは」

「ヤシャ」

無理な求めだと突《つ》っ撥《ぱ》ねようとしたヤシャの台詞《せりふ》を、目の前で開かれたアスラの手が制した。リヴァイアサンを仰《あお》ぎ、躊躇《ためら》いなく答える。

「いいだろう。おまえの望むまま、俺の血を与える。その代わり、傷が癒《い》えたら荒れる海を鎮《しず》めてくれ」

治癒《ちゆ》に手を貸す条件として、怒りを治めるよう告げたアスラに、リヴァイアサンは不思議そうに首を傾《かし》げる。

『……当代の魔王は、変わり者だな。人への報復を止めろと？　傷を負った俺の怒りは、理解できぬか』

口に出したことで怒りが増幅したのか、純白の角に黒い靄《もや》のような瘴気が纏わりつく。

リヴァイアサンの全身が放つ怒気《どき》は凄《すさ》まじく、鱗の表面のあちらこちらで稲妻《いなずま》に似た光が弾《はじ》けていた。

渦巻《うずま》く気を浴びたアスラの髪も、逆立っている。

「リヴァイアサンは、海の守護。恩知らずな人らに対しておまえが憤《いきどお》り、荒《あら》ぶるのは当然だ。ただ、住処《すみか》である海を荒らし続けるのは、おまえにしても本意ではないだろう。人への戒《いまし》めは、俺が請《う》け負う」

『魔王が？　……確かか』

アスラ自らが人への敵討《かたきう》ちをすると口にしたことで、リヴァイアサンの放つ気がわずかに和《やわ》らいだ。

事前に一切《いっさい》聞いていないヤシャは、アスラの横顔に「どういうつもりだ」と抗議《こうぎ》を込めた視線を向ける。

その視線に気づいていないわけがないのに、アスラはチラリともヤシャを見ることなく、リヴァイアサンへうなずいた。

「ああ。二度と愚《おろ》かな真似をしないよう、思い知らせる」

『魔王がそこまで言うのであれば、海を荒らすのは止めてやろう』

「すまないな。では、傷を癒やそう」

リヴァイアサンとの交渉《こうしょう》を済ませたアスラが、ようやくヤシャと視線を合わせる。

アスラの真意を読めないヤシャは戸惑《とまど》いを浮《う》かべているはずだが、この場で必要以上のことを語る気はないらしい。

ヤシャに向かって右手を差し出し、

「頼《たの》む」

と、短く口にする。

突き出された大きな手のひらに視線を落としたヤシャは、困惑して「頼むとは？」と聞き返した。

「この場で俺に傷をつけることができるのは、『魔法遣い』……おまえだけだろう。一筋、爪《つめ》を立てればいい」

魔王であるアスラに傷をつけることができるのは、『魔法遣い』のみ。

ヤシャもわかっていながら、アスラ自身に促されるまで、血を流すことを目的に傷つけることには思い至らなかった。

「……私の意思は？」

「訊《き》くだけなら訊いてもいいが、この状況《じょうきょう》で、拒否《きょひ》することができるのか？」

渋《しぶ》るヤシャに、アスラは微笑《びしょう》を滲《にじ》ませて言葉を重ねる。

その問いは卑怯《ひきょう》だ。拒否など、できる状況ではないだろう。

言い返すことができずに唇《くちびる》を噛《か》んだヤシャの右手をアスラが握《にぎ》り、指先に口づけた。

「爪を伸《の》ばせ。これは、おまえの役目だ」

「…………」

リヴァイアサンを癒やすため、海を鎮めて人の助けとなるため。アスラの血が必要ならば、ヤシャは手を貸すべきだ。

どうしてアスラが、人の愚行《ぐこう》の始末をつけなければならないのか。人とは、それほど庇護《ひご》する価値のあるものなのか？

心の奥で葛藤《かっとう》しても、他《ほか》に有効な解決策はない。アスラに従うべきだと、理性では理解している。

でも……本心では、アスラを傷つけるのは嫌《いや》だった。

「ヤシャ」

摑《つか》まれた右手人差し指の爪の先に軽く歯を立てられて、深く息をついた。目を閉じて右手を震わせると、その爪が刃物《はもの》のように鋭《するど》く尖《とが》る。

「いい子だ」

二百歳以上も年嵩《としかさ》の相手に、ふざけた台詞を吐くなと、突っ撥ねる余裕《よゆう》はなかった。自分の爪がアスラの手のひらに傷をつける様子から、目を逸《そ》らすことができない。

どんな武器で襲撃《しゅうげき》されても、『魔王』は傷つけられない。ただ一人、『魔法遣い』による傷は治癒が鈍《にぶ》く、長く血を流し続ける。

知識として備えてはいたが、歴代の魔王相手に傷を負わせる事態は起きなかった。

アスラ相手でも、考えたこともなかったのに……手のひらに刻まれた傷から、鮮血《せんけつ》が流れ落ちている。

「リヴァイアサン。傷はどこだ」

『……ここだ』

傾《かたむ》けた長い首の側面に、一際濃《ひときわこ》い瘴気《しょうき》を纏《まと》う部分があった。

無謀《むぼう》な若者に剣《けん》で切り付けられ、鱗《うろこ》を剝《は》がされたか剝がされそうになったとリースルが話していた箇所《かしょ》だろう。

「知っての通り、劇薬だ。癒《い》やしの前に、かなり痛むぞ」

『覚悟《かくご》の上。四六時中、疼《うず》き続けるよりずっといい』

リヴァイアサンの覚悟を確かめたアスラは、こちらに伸ばされた首に血を流す手のひらを押しつけた。

落雷《らくらい》に似た音が響《ひび》き、真っ黒な瘴気が激しく立ち昇《のぼ》る。

予告された通りの苦痛に耐《た》えているのか、海の中で暴れるリヴァイアサンの尾《お》が巨大《きょだい》な波を生んでいた。

漆黒《しっこく》の瘴気が全身に纏わりつき、アスラの姿を覆《おお》い隠《かく》す。咄嗟《とっさ》に手を伸ばしたヤシャは、アスラの左手を握り締《し》めて息を止めた。

剝《む》き出しの『魔』の気は、ヤシャにも防ぎきることができるかどうかわからない。編み込んでいた髪《かみ》が解け、護《まも》りとなるべく身体《からだ》を包む。

吹《ふ》きつける激しい風に、どれほど耐えていただろうか。いつの間にか周囲が静まり返っていることに気づいて、強く閉じていた目を開いた。

崖下《がいか》に打ちつけていた波の音も、聞こえない。

「……ヤシャ。済んだぞ」

ポンと手の甲を叩《たた》かれて、両手でアスラの左手を握り締めていたことに気づいた。慌《あわ》てて手を引き、アスラを見上げる。

「アスラ……その姿は」

月明かりの下で目にしたアスラは、眩《まばゆ》い金の髪を漆黒に染めていた。波打つ黒髪は腰《こし》まで伸び、これまでのアスラとは様変わりしている。

変化は、それだけではない。

アスラの頭上には、捻《ね》じれた角が二本見て取れた。滅多《めった》に誇示《こじ》することのない『魔王《まおう》』の証《あかし》は、堂々と存在を主張している。

ヤシャが言葉を失っていると、アスラは自分の髪を摑んでチラリと横目で見遣《みや》った。澄《す》んだ紫水晶《むらさきずいしょう》の瞳《ひとみ》まで、今は漆黒に染められている。

「ああ……怒《いか》るリヴァイアサンの魔を、たっぷり浴びたからな。だが、……どうだ。痛みはもうないか？」

アスラの言葉にハッとして、リヴァイアサンに視線を移す。全身に纏わせていた黒い瘴気はすっかり消え、白銀の鱗が月光を弾《はじ》いていた。

『全身を覆う不快な茨《いばら》が、剝がれ落ちたようだ』

アスラに答えたリヴァイアサンが軽く尾を振《ふ》ると、ザザザと波音が立つ。

怒りを手放した穏《おだ》やかな瞳は、人が海の守護神や神獣《しんじゅう》として崇《あが》めるのにふさわしい、『魔』の気配を感じさせないものだった。

禍々《まがまが》しさを削《そ》ぎ落とした、見惚《みほ》れるほど優美な海龍《かいりゅう》が佇《たたず》んでいる。

「しばらく海底で眠《ねむ》ることだな」

疲弊《ひへい》した身を癒やすよう告げたアスラに、白銀の角を揺《ゆ》らしてうなずいた。

『そうしよう。当代の魔王と魔《ま》法遣《ほうつか》いは、どちらもこれまでとは異なるが……面白《おもしろ》い。俺の力が必要になったら、呼ぶといい』

アスラとヤシャを交互《こうご》に見遣り、そう言い残して背を向ける。凪《な》いだ海に身を沈《しず》めたリヴァイアサンは、瞬《また》く間に姿を消した。

「面白がられたぞ」

「……それは、あなただけだと思いますが」

アスラの口調が普段《ふだん》と変わらないので、つられたヤシャもいつもの調子で言い返したけれど、視界に映る漆黒の髪から目を逸らせない。

角は、「邪魔《じゃま》だな」とぼやいたアスラが一撫《ひとな》ですることで頭上から消えた。でも、黒く染ま

った髪と瞳はそのままで、『浄化《じょうか》』が必要だ。

「リースルには、解決した旨《むね》を記した文《ふみ》を届けますので、森に戻《もど》りましょう。すぐに浄化したほうがいい」

アスラの姿がここまで変容したのは、初めてだ。

リヴァイアサンの瘴気が激烈《げきれつ》だったことも一因だが、血を与《あた》える傷から『魔』を吸収したのも原因となっているだろう。

「手のひらは？」

「放《ほう》っておけば治る」

ヤシャの爪が傷つけた手のひらを、確かめようとしたのに……身体の後ろに隠される。ヤシャを気遣うアスラに眉《まゆ》を顰《ひそ》めて、腕《うで》を掴んだ。

「見せてください」

「……珍《めずら》しく強引《ごういん》だな」

軽口に誤魔化《ごまか》されるものかと睨《にら》みつけて、アスラの右手を掴んだ。まだ滲み出ている血に唇を震《ふる》わせて、そっと舌先で傷を辿《たど》る。

「ッ、ヤシャ……」

ビクリと手を震わせて逃《に》げかけたアスラを、逃がさない。強く手を握り込み、傷口への口づけを繰《く》り返す。

「ジッとしていてください。もう少し……。私の体液は、人にも魔族にも効くはずです」

特にこれは、ヤシャがつけた傷だ。

これまで『魔王』の血を舐《な》めたことはないし、『魔法遣い』にどんな影響《えいきょう》があるのかもわからないが、わずかながらでも治癒《ちゆ》の足しになればいい。

「もういい。痛みがなくなった」

アスラはしばらくヤシャに身を任せていたけれど、「離《はな》せ」と唸《うな》るように口にして手を引いた。

完全に治癒できたわけではなくても、薄《うす》い傷痕《きずあと》が残るのみになったことで、ヤシャの気も少し晴れた。

「おまえは、なんともないのか？」

「心配には及《およ》びません」

アスラは表情を曇《くも》らせているが、今のところ害らしい害はなさそうだった。

リースルの村への報告は夜明けを待つことにして、崖《がけ》の上に腰を下ろす。

「俺のことばかり気にするが、自覚はないのか？」

「自覚？」

「髪だ。美しい髪なのに」

アスラの手が撫でたヤシャの髪は、半分ほどに短くなっていた。リヴァイアサンの瘴気を浴びた際、限界までヤシャを護り、引き千切られたのだろう。

「私のことは、お気になさらなくて結構です。髪など、すぐに伸《の》びます」

髪に宿っていた魔力が減る分、少しばかり力が弱くなるかもしれないが、差し障《さわ》りはほとんどない。

気にしていないヤシャとは裏腹に、アスラは沈んだ表情でヤシャの髪を見ている。

「……そうか。でも、残念だ」

惜《お》しむように慈《いつく》しむように、短くなった髪をそっと指先で撫でられて、拒《こば》むことはできなかった。

リヴァイアサンの瘴気はすっかり消えているのに、息苦しさを感じる。胸に渦巻《うずま》くムズムズとした感情は、なんだろう。

ふわりふわり、浮《う》き上がりそうになる気を落ち着かせたい。

「あ……アスラ、リヴァイアサンとの約束は、どうするのですか？　本気で、人に報復をする心積もりでしょうか？」

髪に触《ふ》れるアスラの手を払《はら》うことなく膝《ひざ》を抱《かか》えたヤシャは、リヴァイアサンとの会話を思い起こして尋《たず》ねる。

あの場で、「それは許さない」と咎《とが》めることはできなかった。中立の立場であるべき自分が、リヴァイアサンに同情して人へ憤《いきどお》りを覚えてしまったのだ。

ただ、リヴァイアサンに成り代わって、アスラが本当に人への報復を実行する気であれば、黙《だま》って見過ごすことはできない。

ヤシャの懸念《けねん》を、髪に触れていた手を引いたアスラが「ああ、あれか」と小さく笑った。

「大規模な諍《いさか》いが起きるような、物騒《ぶっそう》なことは考えていないから心配するな。ただ、森へ戻る前に立ち寄るところがある」

争いごとにはならない、というアスラの言葉にホッとする。

疑うことなく、『魔王』の言い分を信じる自分は、『魔法遣い』として異端《いたん》かもしれない。でも、アスラなら信じられると思ったのだ。

「浄化は、できる限り急いだほうがいいと思います」

アスラのこの状態は、尋常《じんじょう》ではないのだ。

寄り道をすることなく、『浄化』の滝《たき》へ直行したい。急《せ》くヤシャに、当事者であるアスラは暢気《のんき》に答えた。

「そう焦《あせ》らなくていい。すぐに済む」

さらりと口にするアスラは、やはり深刻に考えていない。

隣《となり》に顔を向けたヤシャが、不安を隠《かく》せない顔をしていたのだろうか。視線が絡《から》んだアスラは、低く笑った。

「もうしばし、つき合ってくれ。『魔法遣い』が同席してくれた方が、上手《うま》くいくはずだ」

「……わかりました」

そんなふうに言われてしまっては、もうなにも言い返せない。

でも、理性を失うほどリヴァイアサンを苛《さいな》んでいた『魔』をすべて自身に受け入れたアスラを視界に入れるのは苦しくて、両腕《りょううで》で抱えた膝に顔を伏《ふ》せた。

どちらも無言のせいか、時間の流れがやけに遅《おそ》く感じる。

魔法遣いとして長い時を過ごしてきたけれど、これほど夜明けを待ち侘《わ》びるのは初めてだった。

《七》

夜が明けきらないうちに、海辺を離れた。顚末《てんまつ》を記したリースルへの文は、後でジズに届けてもらうことにする。

立ち寄るつもりのない村を横目に、その脇道《わきみち》を通り抜《ぬ》けようとしたら、待ち構えていたらしいリースルが飛び出してきた。

「魔法遣《まほうつか》い様っ。ご無事ですか」

ずっと屋外に立っていたのではないはずだが、早朝の冷気を浴びて鼻や手の先が赤くなっている。

「リースル……眠《ねむ》らず、待っていたのですか？　リヴァイアサンは、落ち着きを取り戻しました。これまで通りに、海の守護としての役割を果たしてくれるそうです」

「あ……ありがとうございます」

ヤシャの言葉に、泣きそうだった表情がホッとしたものへと変わる。深く頭を下げて礼を口にしたリースルが顔を上げると、その視線がヤシャの背後に流れた。

そこに立つのは、アスラだ。

ただ、様変わりした姿に彼女の知る『魔王』と同一の存在か否《いな》か測りかねて、戸惑《とまど》っていることが伝わってくる。

リースルに、アスラの変化の理由を説明する気はない。代わって、彼女へ伝えたかった言葉を残すことにした。

「私たちは、残る所用を済ませて森へ戻ります。……もう、大人たちの言いなりになってはいけません。理不尽《りふじん》な役目を押しつけられそうになれば、逃げ出してもいいのだと、覚えておいてください」

大人に強要された、損な役を受け入れることはないのだと説くヤシャに、リースルは小さく首を上下させた。

「はい。逃げて……森の、魔法遣い様のお家を訪ねます」

「それは、歓迎《かんげい》するとのお約束はできませんが」

困惑《こんわく》を滲《にじ》ませて、自分の住処《すみか》を避難《ひなん》場所にされるのは困ると返したら、「冗談《じょうだん》です」と楽しそうに笑った。

無邪気《むじゃき》な笑顔《えがお》を目にすると、胸の奥が温かくなる。昨夜から拭《ぬぐ》い去れなかった人への苦い感情も、リースルの存在が和《やわ》らげてくれた。

「では、これで。二度は助けませんと、長老殿《どの》にお伝えください。海を護《まも》るリヴァイアサンへの敬意を忘れることのないよう、肝《きも》に銘《めい》じておいてください……と」

「はい。今回のことは教訓として伝承し、決して同じ過《あやま》ちは犯《おか》しません。道中、お気をつけて。……ありがとうございました」

リースルはヤシャに一礼して、その背後に向かってもう一度頭を下げる。アスラは、「もういいか」と低くつぶやき、リースルを見ることもなく大股《おおまた》で歩き出した。

不愛想な態度だが、リースルにとっては最大の思いやりだ。

早足で進むアスラの後を、小走りで追う。不意にヤシャの頭上で羽音が響《ひび》き、黒い梟《ふくろう》が肩《かた》へと舞《ま》い降りてきた。

「ジズ」

『我を仲間外れにして、用を済ませたか』

自分だけ避難させられたことを根に持ち、拗《す》ねている。

肩にとまったのはいいが、そっぽに顔を向けているジズに、どう言えば機嫌《きげん》を直せるのか言葉を探して……ひとまず謝罪する。

「申し訳ありませんでした。ですが、やはりジズには、離《はな》れていただいておいてよかったと思います」

怒《いか》りに駆《か》られたリヴァイアサンの放つ瘴気《しょうき》は、予想以上だった。ジズがあの場にいれば、どんな影響《えいきょう》を受けたか予想もできない。

ヤシャの謝罪にも気が収まらないのか、ジズは沈黙《ちんもく》したままだ。困った……と視線を泳がせていると、アスラが振《ふ》り向いた。

「しつこく拗ねるな。ジジイのくせに大人げないぞ」

「アスラっ」

懸命《けんめい》に宥《なだ》めるヤシャとは逆に、火に油を注ぐ暴言だ。

アスラを咎めようとヤシャが口を開く前に、ジズ自身が反論した。

『大人げない？　それは、常々アスラがマスティマに言われている言葉だ。なにより、呼び方を改めろ。年長者は敬え』

「悪かった。これから向かう先には、ジズ殿にも同行願いたい」

アスラの口調はわざとらしく丁重《ていちょう》なものだったけれど、ジズはヤシャの肩からアスラの肩へと飛び移る。

どうやら、拗ねたふりをしていただけのようだ。ヤシャとアスラ、双方《そうほう》から謝罪を引き出したことで気が済んだらしい。

『この髪《かみ》はなんだ、アスラ。たっぷり魔を浴びたこちらのほうが、魔王らしいな』

「褒《ほ》め言葉か？」

『無論』

アスラとジズは楽しそうに言葉を交《か》わしていたが、『魔』を余さず受け止めようとする姿を目《ま》の当たりにしたヤシャは笑えない。あのまま、漆黒《しっこく》の闇《やみ》に飲み込まれてしまうのではないかと……怖《こわ》かった。

『目的地は遠いのか』

「道なりに行けば、さほど時間はかからない」

ジズにも、どこに向かうのかそこでなにがあるのか、多くを語る気はないらしい。

すべては、到着《とうちゃく》してからということか。

重要な『浄化《じょうか》』を、先延ばしにするほど大事な用事とは、なんだ？　と疑問を抱《かか》えたままアスラの後ろを歩いた。

□　□　□

「着いたぞ」

「ここに……御用《ごよう》ですか」

一昼夜歩き続けたアスラの目的地は、石造りの建物が並ぶ賑《にぎ》やかな王都だった。しかも、着いたと視線で指したのは王城だ。

人の王が住まう城は、アスラの城とは酷似《こくじ》した外観ながら活気が異なる。城門前には衛兵が立ち並び、不審者《ふしん》が近づくことがないよう目を光らせていた。

貴族の身なりには程遠《ほどとお》く、隊列を組む行商人でもない自分たちが立ち入ることができるとは、到底思えない。

「あの、アスラ。ここに用とは言っても、我々が入るには」

「迎《むか》えだ」

なにを考えているのだと困惑するヤシャをよそに、アスラは城門の内側を指差す。

迎えとは？　と怪訝《けげん》な面持《おもも》ちでそちらを見遣《みや》ったヤシャは、驚《おどろ》きのあまり言葉もなく目を瞠《みは》った。

あの姿は、ヤシャもよく見知ったものだ。

人を模した服装のマスティマが、どうして王城の内側から出てくる？

驚いているのはヤシャだけで、アスラは当然のようにマスティマが近くまで来るのを待っている。

「お待ちしておりました。お二人をお通しする許可は、得ています」

マスティマの言葉を受けた衛兵は、左右に分かれて大きな門を開く。アスラとヤシャが足を踏《ふ》み入れると、すぐさま門が閉じられた。

石畳《いしだたみ》の小道を歩きながら、アスラがマスティマに話しかける。

「マスティマ、すぐに謁見《えっけん》できるか。全員、集めてあるだろうな」

だ。

「はい。皆様《みなさま》、アスラ様のお越《こ》しを待たれています」

困惑を深めるヤシャをよそに、言葉を交わした二人は「では」とうなずき合って王城を仰《あお》いだ。

一人、わけのわからないヤシャの歩みが止まっていることに気づいたのか、アスラが振り向いて手を差し伸《の》べてくる。

「ヤシャ。なにも心配することはない」

「……と、言われましても」

この状況《じょうきょう》で、不安を覚えるなというほうが無理な話だ。

動こうとしないヤシャに焦《じ》れたアスラが、強引《ごういん》に手首を握《にぎ》って歩き出す。

「ヤシャは、傍《そば》にいてくれるだけでいい」

広い背中で波打つ黒髪《くろかみ》を見詰《みつ》めて、急《せ》かされるまま足を運んだ。


謁見の間は、アスラの魔城《まじょう》とは比較《ひかく》にならない豪華絢爛《ごうかけんらん》な場だった。天井《てんじょう》には繊細《せんさい》な細工の照明器具が飾《かざ》られ、無機質な石の壁《かべ》を隠《かく》すように色とりどりの花が生けられている。王らしき人物の座した玉座は、宝石で縁取《ふちど》られていた。

恰幅《かっぷく》のいい王の脇《わき》には、王子らしき身なりのいい青年が三人と、華《はな》やかなドレスに身を包む姫《ひめ》が二人控《ひか》えていた。

マスティマが、

「お待たせしました。こちらが我が主です」

そう口にしてアスラを示すと、王が緊張《きんちょう》の面持ちで玉座から立ち上がった。アスラは、無言で赤い絨毯《じゅうたん》の上を歩く。

王へと距離《きょり》を詰めるにつれ、絨毯の左右に立つ護衛らしき衛兵たちが緊張を漲《みなぎ》らせた。腰《こし》の剣《けん》に手をかけ、すぐに対応できるよう身構えている。

「人の王よ、話は聞いているな？」

名乗るでも挨拶《あいさつ》を交わすでもなく、藪《やぶ》から棒に詰問《きつもん》するアスラに、人の王は怯《ひる》むことなく答えた。

「うむ、そちらの側近殿《どの》から説明を受けた」

アスラの気に迫力《はくりょく》負けしないあたりは、さすがに王だ。漁村の村人たちとは、器《うつわ》が違《ちが》うということだろう。

王を見下ろすアスラは、クッと肩《かた》を揺《ゆ》らして唇《くちびる》の端《はし》をわずかに吊《つ》り上げる。端整《たんせい》な容貌《ようぼう》であるが故《ゆえ》に、酷薄《こくはく》な表情だ。

「聞いたはいいが、信じていないという顔だな」

「側近殿の語る内容は理路整然としており、魔族らしくない知性と誠意は認める。しかし、まさか我が王子が……」

「自分たちが守護神と位置付けたリヴァイアサンに、意味もなく剣を向けるとは信じられないか？」

言葉を濁《にご》して首を横に振った王の後を、アスラが継《つ》ぐ。

絨毯の端で聞いていたヤシャは、その内容に眉根《まゆね》を寄せて立ち並ぶ三人の王子を見遣った。人の年齢《ねんれい》は、魔族より遥《はる》かにわかりやすい。上から、二十代半ば……二十前後、十七か十六といった年頃《としごろ》だろう。

その中の一人、真ん中に立つ青年がサッと顔色を変えた。目を泳がせて、あからさまに動揺《どうよう》している。

「身に覚えがあるだろう。俺に引きずり出されるより、自ら名乗り出たほうがいい」

アスラの声は、静まり返った謁見の間に朗々と響《ひび》く。

険しい表情の王が振《ふ》り向くと、ヤシャの目に留まった青年がふらりと一歩進み出た。

「その者だ。まだ疑うか？」

「おまえ……リヴァイアサンに剣を向けたのは、事実か？　何故《なにゆえ》……なにを思って、そのようなことをした！」

大股《おおまた》で王子の前に詰め寄った王が、厳しく叱責《しっせき》する。背丈《せたけ》は王を上回っていても、気迫で勝《まさ》るわけもない王子は、「私です」と頭を下げた。

ざわつく周囲の声の中、王の「何故」に答えた。

「ほんの、出来心だったのです。リヴァイアサンの鱗《うろこ》は、不老不死の秘薬にもなると言い伝えられています。それを手に入れれば、いつまで経《た》っても剣の腕《うで》が上達しない兄上より私が優《すぐ》れていることの証明にもなると……」

「このっ、愚《おろ》か者めが！　こちらの……魔王がリヴァイアサンを鎮《しず》めなければ、国を滅《ほろ》ぼす事態に陥《おちい》るところだったぞ」

顔を真っ赤にして憤《いきどお》る王は、「情けない」と王子の愚行《ぐこう》を嘆《なげ》いている。

マスティマが別行動を取った理由は、王都に先回りして、荒《あ》れるリヴァイアサンによる被害《ひがい》と推測した原因を王へ進言することだったのか。

村の若者と共にリヴァイアサンを傷つけた青年が王子だろうと予想した理由は、ヤシャには不明だが……。

保身を図《はか》り聞き苦しい言い逃《のが》れをするでもなく、顔色を失《な》くして反省する王子は、まだ挽回《ばんかい》の余地がある。

「申し訳ございません。あれ以来、海が荒れ続けていることは耳に入っていました。今では、浅はかな蛮行《ばんこう》を悔《く》いています。リヴァイアサンにも詫《わ》びなければと思っていたのですが、どうすればいいのかわからず……申し訳ありませんでした。よもや、魔王が鎮めて……」

身を小さくして謝罪を繰《く》り返していた王子は、ふと言葉を切ってのろのろと頭を上げ、アスラに目を向けた。

「ま……魔王？」

「そうだ。なんだ、懺悔《ざんげ》を証明するために黒炎《こくえん》で焼いて欲しいか」

露悪《ろあく》的に笑うアスラは、手のひらに黒炎を熾《おこ》して闇《やみ》の魔力を見せつける。全身を震《ふる》わせた王子は、頽《くずお》れるように床《ゆか》に両膝《りょうひざ》をついて、「ごめんなさい」と頭を抱《かか》えた。

日頃《ひごろ》のアスラを知るヤシャには、本気ではなく脅《おど》して遊んでいるだけだとわかる。でも、アスラを『魔王』と認識《にんしき》したばかりの彼らは、そんなことなど知る由《よし》もない。

「も、申し訳ない。リヴァイアサンへの償《つぐな》いも、そなたへの謝礼もきちんと行うので、どうか今回限りは我が愚息を許してもらえぬだろうか」

アスラの威圧感《いあつかん》に怯むことなく王子を庇《かば》おうとする王は、なかなか胆力《たんりょく》がある。

無言で傍観《ぼうかん》していたヤシャは、このあたりが『魔法遣《まほうつか》い』の出番かとマスティマに目配せをした。

「どちら様も、どうか落ち着いてください。こちらの……魔法遣い殿が、仲立ちを申し出てくださいました」

マスティマの落ち着いた声に、アスラは黒炎を消して手を下ろした。一斉《いっせい》に注目されたヤシャは、居心地《いごこち》の悪さに頬《ほお》を強張《こわば》らせて歩み出る。

「古来、『魔法遣い』が人と魔族の中立の立場を取っていることはご存じですね。この場を私に任せていただけるようでしたら、どちらも引いてください」

うなずいた王は、玉座に戻《もど》って疲《つか》れた顔で腰を下ろす。床に両膝をついた王子は、そのままの体勢で縋《すが》るようにヤシャを見た。

無言で踵《きびす》を返したアスラは、すれ違いざまに一瞬《いっしゅん》だけヤシャと視線を交《か》わす。余裕《よゆう》のない人の王とは異なり、この状況を楽しんでいるのだと伝わってきた。

リヴァイアサンと約束したこともあって適度な戒《いまし》めは必要だが、これだけ脅せばそろそろ赦《ゆる》してもいいだろう。

「償いは容易ではありません。まず……そうですね、リヴァイアサンを傷つけた際、同じ場にいた若者たちと共に海岸の清掃《せいそう》でもなさってください。一度ではなく、繰り返すことが重要です。魔王への謝礼は……どうしますか？　なにか、希望は？」

アスラに振ると、王の緊張が高まる。

無理難題を押しつけられるのではないかと、固唾《かたず》を呑《の》んで『魔王』の答えを待っていることが伝わってきた。

「今は特にないが……この先、人とのあいだで問題が起きた際に、便宜《べんぎ》を図ってもらうとするか。よいか、王よ」

「……私は、異論を述べる立場にない。魔王の決定に従おう」

今すぐ求めるものはないというアスラの言葉に、安堵《あんど》と不安が同時に湧《わ》いたらしい。無理難題は押しつけられなかったが、持ち越《こ》された『この先』を懸念《けねん》してか、王の表情は晴れないままだ。

「それでは、同じ内容の証文を二通作りますので、各自の城で保管してください」

紙よりも長期保存が可能で、丈夫《じょうぶ》なものは……と室内を見回したヤシャの目に、絶好の素材が映った。

「こちらをいただきます」

壁を飾る花を束ねてある薄《うす》布を解き、指先で空中に書いた文字を写した。人にも魔族にも解読できるよう、王族共通の古文を選ぶ。

アスラと人の王、双方《そうほう》に間違《まちが》いがないか確認を取ると、それぞれの署名をヤシャの炎で焼きつけて完成だ。

「人の城は息苦しいな。北に戻る。見送りは不要」

あまりにも呆気《あっけ》なくアスラが背を向けたからか、王は「せめて、なにか詫びの品を」と焦《あせ》ったように呼び止める。

アスラは歩みを止めることなく、ひらりと手を振った。

「いらん。宝物も女も、足りている」

丁寧《ていねい》にお辞儀《じぎ》をしたマスティマが、廊下《ろうか》に出たアスラの後を追う。ヤシャも、自分がここにいる理由はもうないなと小さく息をついて、玉座の王に頭を下げた。

「私も、失礼します。なにか問題があれば、森まで使いを寄越《よこ》してください。二度と、『魔』の領域に手をお出しになりませんように」

改めて釘《くぎ》を刺《さ》しておいて、アスラとマスティマの後を追った。

城を出たところで、王都の上空を遊覧飛行していたらしいジズが降りてきて、お気に入りらしいマスティマの肩にとまる。

『マスティマよ、難儀《なんぎ》な役目だったな』

「ジズが協力してくれたおかげで、事がうまく運びました。場を丸く収めてくださったヤシャ殿《どの》にも、感謝しています」

ジズとマスティマのやり取りに、ヤシャは首を捻《ひね》る。ジズは謁見《えっけん》の間にはいなかったのに、成り行きをすべて把握《はあく》しているような口調だ。

「ジズ、時々姿が見えなかったのは……マスティマのところにいたせいですか。私は、なにも聞いていませんが」

ジズが気まぐれに飛び回り、しばらく姿を消すことは珍《めずら》しくない。『魔法遣い』の眷属《けんぞく》とはいえ、影《かげ》のように常時離《はな》れないわけではないのだ。

ただ、アスラの企《たくら》みを自分だけ知らされていなかったのなら気分が悪い。

『アスラが、ヤシャには内密にしていろと言ったのでな。文句があるなら、アスラへぶつけろ』

「そうします。……聞きたいことが、多々あるのですが」

ジズの言葉を受けてアスラへ向けた眼差《まなざ》しと声は、自分でも刺々《とげとげ》しいと感じるものだった。

睨《にら》むヤシャに、アスラは「ここで語っていいのか」と不敵な笑《え》みを浮《う》かべる。

ここ……は、人の領域だ。

自分たちの会話が漏《も》れ聞こえたところで、人には内容は理解できないはずだが、聞かれないに越したことはない。

「森までご同行願いたい」

「ヤシャの誘《さそ》いだ。喜んで応《こた》えよう」

機嫌《きげん》がいいとは言い難《がた》い声色《こわいろ》だったはずだが、嬉《うれ》しそうに受けたアスラに眉《まゆ》を顰《ひそ》めた。

聞き出した話の内容によっては、怒《いか》りをぶつけるつもりだ。それなのに、出鼻を挫《くじ》かれそうになる。

「ああでも、アスラの『浄化《じょうか》』が先です」

アスラの髪《かみ》に視線を向け、優先順位を定める。

黒く染まった髪と瞳《ひとみ》は、ヤシャの知るアスラとは別の存在になったようで落ち着かない。

「急がなくてもいいと言ったはずだ。話を聞きたいんだろう？」

アスラの身に悪影響《あくえいきょう》がなければ、早く疑問の答えを知りたいが……いや、やはり先に『浄化』しておくべきでは。

葛藤《かっとう》するヤシャに、

「どちらでも、ヤシャの好きにすればいい」

アスラは他人事《ひとごと》のようにそう笑って、風に乱された黒い髪を掻《か》き上げた。

それを目にして、決めた。

森の奥までの道すがら、話を聞けばいい。『浄化』の場でも会話はできるのだから、時間は十分にある。

《八》

前回、『浄化』に訪《おとず》れてからは、両手の指で数えられるほどの日数しか経《た》っていない。これほど早くにやって来ることになるとは、思わなかった。

慣れた手順で崖《がけ》を覆《おお》う蔦《つた》を掻き分け、『浄化』の『場』へと続く洞窟《どうくつ》へと足を進めながら、アスラに話しかける。

「それではアスラ、聞かせてください。いつ、リヴァイアサンを傷つけた人物が王子だと気がついたのですか？」

洞窟の中は、一切《いっさい》の光がない暗闇《くらやみ》だ。目には見えなくても、背後から聞こえてくる足音でアスラがすぐ近くにいることはわかる。

さほど待つことなく、ヤシャの問いにアスラが答えた。

「娘《むすめ》の話を聞いた時からだ」

「最初から？」

予想外の返答に、思わず立ち止まった。視覚ではなく状況《じょうきょう》が『見えて』いるのか、背後から聞こえていたアスラの足音も止まる。

リースルの懇願《こんがん》を聞いていたアスラを思い起こしても、興味がなさそうな冷酷《れいこく》な横顔しか浮かばない。

あの時点で、リヴァイアサンの傷に人の王族が関係している可能性がアスラの頭を過《よぎ》っていたとは……ヤシャに、察せられるわけがない。

ヤシャの声に滲《にじ》む批判を受けてか、アスラはその訳を続ける。

「リヴァイアサンは最高位の『魔族《まぞく》』だ。人如《ごと》きの作った武器では傷つけられん。傷を負わせたというのなら、北の地で作られた魔道具しかない。人の領域に、魔族の武器があるとすれば……城だ。かつて、和平の証《あかし》に互《たが》いの剣《けん》を交換《こうかん》したことがある。それを密《ひそ》かに持ち出せるのは、十中八九が王族だろう」

「確かに、私もリヴァイアサンの体質を知っていれば同じように考えます」

話を聞けば、納得《なっとく》できる理由だった。

ヤシャは、リヴァイアサンが魔道具でしか傷つけられないと知らなかったので、そこまで考えを巡《めぐ》らせることができなかっただけだ。

「当初の予定では、震《ふる》え上がるほど懲《こ》らしめるつもりだったが、自ら名乗り出たことと魔王の俺に怯《ひる》まなかった王に免《めん》じて、優《やさ》しく諭《さと》すだけに止《とど》めてやった」

「優しく諭す？　あれが、ですか」

床《ゆか》に両膝《りょうひざ》をつき、人目も憚《はばか》らずに泣きそうな顔で震えていた王子の姿は、優しく諭されたと

RUBY INF

「極道さんはイタリアでもパパで愛妻家」
イラスト／桜城やや

ロいの一番を
うか。
佐知たちはイタリアへと飛び立ち!?
大人気ハートフル極道ラブ第15弾!

極道さんはイタリアでもパパで愛妻家

佐倉《さくら》 温《はる》 イラスト／桜城《さくらぎ》やや

東雲組の若頭・賢吾が引き取った息子・史の伯父であるジーノの結婚式に参列するため、佐知たちはイタリアへ向かう。そこで数少ない親族であるルカの存在を知り、佐知たちは急遽、ルカの住む小島へと飛び立つが…？

好評既刊 『青龍の献身 貴方に捧げる300年』イラスト／Ciel
『極道さんは卒園式でもパパで愛妻家』イラスト／桜城やや
『極道さんはパパになる前から愛妻家』イラスト／桜城やや

黒狼王子が辺境に押し掛けてきま

ミヤサトイツキ　イラスト／カ

カピバラ獣人の文官であるリュカは、狼獣人である第七王子クライスとの縁談を
たはずだった。しかし子爵令息と身分を偽ったクライスが辺境の地にやってきた
リュカを熱烈に口説いてきて!?

好評既刊『白の九尾は月影の皇子に恋う』イラスト／サマミヤアカザ

法遣いは魔王の蜜愛に篭絡される

真崎《まさき》ひかる　イラスト／明神 翼《みょうじんつばさ》

ラの即位式で一目ぼれされた魔法遣いのヤシャは長年に亘る強引な口説きに素直
いた。そんな中、魔王にかけられた呪いによってアスラの終焉の日が近づいてしま

狼殿下に銀色子狐の蜜惑』イラスト／明神 翼
王子に溺愛されて、子作りすることになりました。』イラスト／森原八鹿
ェンリル王と永遠の花嫁』イラスト／こうじま奈月

ー文庫 6月1日発売の新刊

は言い難いものだった。

それでも、リヴァイアサンを傷つけて激怒《げきど》させた彼の蛮行《ばんこう》とその結果を考えれば、アスラの仕置きは寛大《かんだい》なものだったと思う。

「最初から、リヴァイアサンを鎮《しず》めた後は城へ立ち寄るつもりで、マスティマを先遣《せんけん》したのですね」

途中《とちゅう》で姿の見えなくなったマスティマは、アスラに命じられて王のもとを訪ねていた。

それを確信したヤシャは、口に出すことで再確認《さいかくにん》する。冷静であろうとしても、どうして話してくれなかったのだという不満が声に滲んでしまったが、アスラは悪びれることなく返してくる。

「そうだ。マスティマならば、単身で人の中に入ってもうまく立ち回るだろうと思っていたが、期待以上の働きだった」

王に「魔族らしくない」と言われたマスティマは、確かに冷静沈着《ちんちゃく》で状況を読む能力も優《すぐ》れている。粗雑《そざつ》な印象が微塵《みじん》もない言動は、深い知性を感じさせる。

もし、マスティマが事前に王城を訪れて根回しをすることなく、魔王と名乗ってアスラが現れていたなら、あれほど簡単に解決しなかっただろう。

「マスティマもだが、ヤシャの果たした役割も重要だったぞ。あの場に『魔法遣《まほうつか》い』がいるのとそうでないのとでは、王の警戒心《けいかいしん》は違《ちが》っただろう」

「私は、大して役に立っていません」

反射的に言い返してしまったが、拗《す》ねた響《ひび》きにならなかっただろうかと口を噤《つぐ》む。

事実、自分は特別なことをしたわけではない。

「おまえらしくないな。リヴァイアサンを鎮めるのにもヤシャがいなければならなかったし、どの場面においてもなくてはならない存在だった」

背後から、短くなった髪に触《ふ》れられたのがわかる。

アスラの言葉にもうなずくことはできなくて、歩を止めていた足を大きく踏《ふ》み出した。髪に触れていたアスラの手が離れたことに、ホッとする。

「……リヴァイアサンを鎮めたのは、アスラです。こんなところで立ち止まって、申し訳ありません。『浄化』を急ぎましょう」

早く『浄化』をするようにと、何度も急《せ》かすことで、ヤシャの焦燥感《しょうそうかん》はアスラにも伝わっているはずだ。

黒く染まったアスラは、このまま暗闇に溶《と》け込んでしまいそうで……怖《こわ》かった。

闇の洞窟を抜《ぬ》けた先に広がっているのは、眩《まぶ》しい光の降り注ぐ、清浄な水と空気が満ちた空間だ。

これまでと変わりなく、ヤシャとアスラを迎《むか》えてくれる。

白亜《はくあ》の岩肌《いわはだ》を流れ落ちる滝《たき》を眺《なが》めると、肩《かた》からふっと力が抜ける。どうやら、自覚なく緊《きん》張《ちょう》していたようだ。

「なぁ、ヤシャ。滝の脇《わき》に……」

「アスラ。取り急ぎ、『浄化』を」

「……わかったよ」

無駄《むだ》な会話には応じないと急かすヤシャに、アスラは仕方なさそうに苦笑《くしょう》して着ている衣服を脱《ぬ》ぎ落とした。

澄《す》んだ水に足を入れると、白い水飛沫《みずしぶき》を上げる滝壺《たきつぼ》へと身を進める。頭上から流れ落ちる水を浴び、その身に受けた『魔』を洗い流す。

ヤシャは『浄化』が終わるまで目を離《はな》さないよう、瞬《まばた》きの間も惜《お》しんでアスラの背中を見つめ続けた。

腰《こし》のあたりまで伸《の》びた長い黒髪《くろかみ》は、少しずつ本来の輝《かがや》きを取り戻《もど》す。光を弾《はじ》く黄金の髪に安《あん》堵《ど》の息をついた直後、小声で「どうして」とつぶやいた。

普段《ふだん》であれば、『浄化』の最中にヤシャが声を出すことなどない。集中を妨《さまた》げないよう、気配を殺してアスラを見守る。

それなのに、思わず零《こぼ》した一言はアスラの耳にまで届いたようだ。

「ヤシャ？　なにか言ったか？」

「よく、聞こえましたね」

落水に打たれながら振《ふ》り向いたアスラに、驚《おどろ》く。

あの程度の囁《ささや》きは、水音が掻《か》き消してくれるはずだと思っていた。偶然《ぐうぜん》反応したのではなく本当に聞こえたのなら、凄《すさ》まじい聴力《ちようりよく》だ。

「そりゃ、な。ヤシャの声は特別だ」

ヤシャが珍《めずら》しく驚きを露《あら》わにしたせいか、滝から外れたアスラは嬉《うれ》しそうに笑って近づいて来る。

水辺に立つヤシャの前で足を止めたアスラを、ジッと見上げた。

髪を濡《ぬ》らす水の雫《しずく》が光を反射して、アスラ自身が発光しているようだ。真っ直《す》ぐに合わせた瞳《ひとみ》の色は、黒く翳《かげ》ったものではなく紫水晶《むらさきずいしよう》を思わせる色彩《しきさい》で……でも。

「アスラ……もう一度、滝の下に戻ってください」

「ん？　だが、『浄化《じようか》』は済んだぞ」

滝に戻れと口にしたヤシャに、アスラは不思議そうに首を傾《かし》げる。ヤシャは表情を険しくして、アスラの腕《うで》を掴《つか》んだ。

「まだです」

「おい、ヤシャ」

冷たい水に足を踏み入れたヤシャは、アスラの腕を引いて絶えず流れる滝の下へ誘導《ゆうどう》した。

これほど強引《ごういん》な行動に出たのも、ヤシャがこの『場』の水に入ったのも、初めてだ。それもあってか、アスラは訝《いぶか》しむ顔をしつつヤシャに従った。

「おまえまで、滝に打たれなくても……」

「アスラ、自覚はありませんか？」

降り注ぐ水音に負けないよう、声を張ってアスラを見上げる。

水が目や口に入り、濡れた衣服が全身に纏《まと》わりついて動きづらいけれど、今のヤシャにとっては些細《ささい》なことだ。

「なんだ、さっきから」

「これです！」

手を伸ばしたヤシャは、緩《ゆる》く波打つアスラの髪を摑んで目前に突《つ》きつけた。

その髪は、毛先三分の一ほどが黒いままだ。

「瞳も……本来の色より、暗い。どこか、身体《からだ》に違和感《いわかん》はありませんか？」

怪訝《けげん》な顔で黒く染まったままの部分を見ているアスラに向かって、自分ではわからないのかと問う。

ここでの『浄化』が完了《かんりょう》すれば、澄んだ紫水晶の瞳へと変化するはずなのに、紫の透明度《とうめい》が足りない。

何故《なぜ》だと、胸の奥から焦燥感が湧《わ》き上がる。

魔王にとって、『浄化』は必要不可欠な行為《こうい》だ。

これまでになく気を乱すヤシャとは違い、アスラは驚く様子もなければ焦《あせ》りもしない。

「ふ……ん。気になるなら、除けばいい」

どうでもいいとばかりに鼻を鳴らすと、ヤシャが摑んでいた部分から先を指先で摘《つ》まみ、伸ばした爪《つめ》でざっくりと切り落とす。

渦巻《うずま》く水に落ちた黒い髪は、瞬く間に沈《しず》んで消えた。

「これでいいだろう」

食い入るように見詰《みつ》めるヤシャの目前で、たった今アスラが切り落とした部分の毛先が黒く変化する。

「……よくありません」

取り戻したはずの金の輝きが黒く煤《すす》け、ヤシャの表情を曇《くも》らせた。ヤシャの視線を追ったアスラが、更《さら》に短く切り詰めても毛先部分が黒く染まる。

まるで、切り捨てても無駄だと意思を持った闇が追っているみたいだ。

自分が今、どんな顔でアスラを見ているのかわからない。でも、些細な変化であっても見逃《みのが》してはいけないと、目を逸《そ》らすことができない。

「もういい。水から出ろ」

今度は、アスラがヤシャの腕を掴んで滝の下から引き出した。ザバザバと水音を立てて歩き、草の生えた岸へと引っ張り上げられる。

掴んでいたヤシャの腕を放すと、なんともなさそうな顔で脱ぎ捨ててあった衣服を身に着けていった。

いつもの『浄化』と、なにも変わらないと言わんばかりの態度だ。『浄化』の結果は、明らかに異なるのに。

「乾《かわ》かしてやろうか。肌《はだ》を焼くことなく、一瞬《いっしゅん》で水が吹《ふ》き飛ぶ」

ヤシャを振り向いたアスラは、笑って手のひらに黒い炎《ほのお》を熾《おこ》した。

どうしてアスラは、平然としているのだろう？　『浄化』ができなくなる、その意味を……アスラも知っているはずだ。

「……自分で乾かします」

ぼんやりとアスラを見ていたヤシャは、頬《ほお》を伝い落ちる水滴《すいてき》を拭《ぬぐ》っておいて、びしょ濡れになった身体から水分を蒸発させる。

軽く頭を振って髪の先に残る湿気《しっき》を払《はら》うと、アスラの肩に手をかけた。

「どうして、平気な顔をしているんですか？　もしここでの『浄化』が不可能になると、あなたは……」

「消滅《しょうめつ》だな」

言い淀《よど》んだヤシャの後を継《つ》いで、軽い調子でさらりと口にする。まるで、明日の天気でも語っているみたいだ。

目を見開いたヤシャの身体の奥深くから、得体の知れないなにかが湧き上がる。全身が熱を帯び、アスラの肩を掴む指が止めどなく震《ふる》えた。

「笑いごとではないでしょう」

喉《のど》に声が引っかかったようになり、それ以上言葉が出ない。

魔王《まおう》は、あらゆる『魔』を自身の身に受けることができる。悪意も嘆《なげ》きも恨《うら》みも、すべて吸収して無へと還《かえ》す。

ただ、無限に吸収し続けられるわけではない。

受け入れた『魔』が許容量を超えれば、アスラ自身が『魔』に支配され、自我を失い邪悪《じゃあく》な『悪』の塊《かたまり》となって世に害を成す存在となる。

そうなる前に、漆黒《しっこく》に染まった魔王は『霧《きり》』と化すのだ。自爆《じばく》装置が起動するかのように、暴走を自ら阻止《そし》する。

ヤシャの知る限り、『魔』が蓄積《ちくせき》するまでには少なくとも百年以上の時が必要なはずだ。残《ざん》忍《にん》で魔族や人の負の感情を多く浴びた先々代は百年、放蕩《ほうとう》の限りを尽《つ》くした先代は百五十年ほどかけて黒く染まり切った。

アスラが『魔王』を継いでから、まだ五十年も経《た》っていない。

これほど黒化が急速に進んだ理由は、明白だ。

「ど……して、あんな無茶《むちゃ》をしたんです？　少し時間はかかっても、私の薬でリヴァイアサンを癒《い》やすこともできたはずです」

怒《いか》り狂《くる》ったリヴァイアサンの纏う瘴気《しょうき》は、最高位の魔獣《まじゅう》だけあって激烈《げきれつ》だった。あの『魔』を一気に吸収しようとしたのだから、受け止めきれず溢《あふ》れかけても仕方がない。

アスラはまだ、大丈夫《だいじょうぶ》。黒く染まり切ってはいない。

そう自分に言い聞かせても、闇《やみ》の纏わりつく毛先と翳った紫の瞳が、ヤシャから冷静さを奪《うば》う。

「魔王のくせに、人なんかを助けて……リヴァイアサンを怒《おこ》らせた愚《おろ》かな人など、放《ほう》っておけばよかったんです」

中立の存在として、あるまじき発言だ。理性ではわかっている。それなのに、溢れる言葉を止められない。

人とは、アスラが自身を犠牲《ぎせい》にしてまで救う必要があるものなのか？

「リヴァイアサンの気が済むまで詫《わ》び続けて、傷つけた張本人が身を捧《ささ》げて鎮《しず》めればよかったのに」

身勝手な理由でリヴァイアサンを傷つけた挙げ句、自分たちは安全地帯にいながら宥《なだ》めるように求めるなど、どれだけ傲慢《ごうまん》なのだろう。

リースルを、庇《かば》わなければよかった。

当初アスラは、「知らん」とそっぽを向いたのだから、巻き込まずに自分だけでリヴァイアサンに対峙《たいじ》すればよかった。

「あんな、人なんか……のため、にっ」

「ヤシャ。おまえがその発言は、マズイだろう。ま、俺しか聞いてないけどな」

苦笑《くしょう》を浮《う》かべたアスラの大きな手に口を塞《ふさ》がれて、自分では止められなかった人への憤懣《ふんまん》を制される。

その落ち着き払った声が、ますますヤシャの神経を逆撫《さかな》でした。口を塞いでいたアスラの手を両手で握《にぎ》って外させると、苛立《いらだ》ちをアスラ自身にぶつける。

「なに、他人事《ひとごと》みたいな顔をしているんですか。馬鹿《ばか》！」

八つ当たりだ。それくらい、自覚している。

でも……身体の内側で、濁流《だくりゅう》のように荒《あ》れ狂う感情をどこに向かって吐《は》き出せばいいのか、もうわからない。

「馬鹿、って……精神の発達が未熟な、人の子どもみたいだな。いつもの冷静なヤシャは、どこへ行った？　そんなふうに言われたら、可愛《かわい》いじゃないか」

ククッと肩《かた》を揺《ゆ》らしたアスラが、端整《たんせい》な顔を寄せてきた。紫の瞳《ひとみ》が近づき……自分にはアスラの魔眼の効果はないのに、動けない。

軽く唇《くちびる》同士が触《ふ》れて、ヤシャはアスラの手を握り締《し》めたままの両手に力を込めた。

「落ち着け。……と言いたいところだが、俺のことで感情を乱すヤシャを見るのは気分がいい。怒りさえ愛《いと》しい」

軽く額を合わせ、宥めるような調子で口にするアスラの声は穏《おだ》やかで、少しずつヤシャに平静を取り戻《もど》させた。

波立っていた感情が凪《な》ぐのと入れ替《か》わりに、今度は恥《は》ずかしさが込み上げてくる。

「あ……の、すみません。こんなふうに、取り乱すなど……どうかしていました」

アスラから目を逸らして、しどろもどろにそれだけ告げると、距離《きょり》を取ろうと身体《からだ》を引く。

恥ずかしい。恥ずかしさのあまり、どうにかなりそうだ。アスラの前から逃《に》げ出して、今すぐ滝壺《たきつぼ》に飛び込みたい。

なにを目にしても、どんなことがあっても心を乱すことがないようにと育てられたのに、とんでもない失態だ。

「睨《にら》みつけながら食って掛《か》かってきたくせに、今度は逃げるのか」

アスラは、必死で逃げを図《はか》るヤシャの腕《うで》を掴《つか》んで引き寄せると、強く背中を抱《だ》く。足掻《あが》くヤシャをよそに、楽しそうに肩を震わせた。

「この姿は異様かもしれないが、逃げるな」

耳元で囁《ささや》かれた言葉に、身体の動きを止める。反射的に拳《こぶし》を握って広い背中に叩《たた》きつけると、

「違《ちが》います」と反論した。

「アスラがどんな姿だろうと、異様だなどと思いません。あなたは、悪意を受けて漆黒に染まった姿でも美しい」

「へぇ？　ヤシャにそんなふうに言われたのは、初めてだな」

そうだろうか。

アスラに美しいと言われて、鏡に映る自分を眺《なが》めればいいと皮肉を込めて言い返したことはあるが……確かに、純粋《じゅんすい》にアスラを指して感嘆《かんたん》の台詞《せりふ》を告げたことはないかもしれない。

アスラの背中をもう一つ叩き、ぽつぽつと続ける。

「初めて逢《あ》った時から、それは思っていました。魔王とは、人も魔族も惹《ひ》かれる、禍々《まがまが》しくも美しいものです。そうと知っていたのに、目を奪われた。……魔眼に惑《まど》わされたのではありませんから」

歴代の姿形はよく似ているのに異なる気質《きしつ》が、アスラから際立《きわだ》つ美を感じさせた。

アスラが魔王に即位《そくい》して以降、人と魔族の関係は歴史上最も平穏《へいおん》だと思われる。リヴァイアサンの逆鱗《げきりん》に触れた愚かな王子の処遇《しょぐう》に関しても、彼らは当代の魔王がアスラであったことを感謝するべきだ。

だからこそ、アスラは長く魔王の座に留《とど》まらなければならない。これほど早く終焉《しゅうえん》が見えて

しまうなど、人にも魔族にとってもあってはならないのに……。

「ヤシャ、おまえはどうして無茶をしたのだと憤《いきどお》ったが、俺が人を見捨てることができないのには理由がある」

「……どんな理由ですか」

アスラの肩に額をつけて、感情が乱れるままに投げつけた疑問の答えを待つ。

今回だけではない。アスラはジズに『魔王らしくない』と呆《あき》れられるほど、いつでも人に対して甘かった。

それに理由があるのなら、知りたい。

少しの沈黙《ちんもく》の後、アスラの手がヤシャの髪《かみ》を掻《か》き回しながら答えた。

「おまえの中に、半分人の血が流れているからな。『魔法遣《まほうつか》い』が、魔族と人との間に生まれた稀《け》有《う》な存在だということは、俺も知っている」

アスラに知られていたことに、眉根《まゆね》を寄せた。

自身に流れる、『魔族と人半分ずつ』の血を公言しているわけではないし、アスラに語ったこともない。しかし、『魔王』が『魔法遣い』の誕生の裏を知っていたとしても、不思議ではないと思い直す。

「私のせい……ですか」

自分に人の血が流れているから、見捨てられない。

アスラの行動の裏にある理由がそんなものだなんて、考えたこともなかった。

言葉を失うヤシャの背中を、「違う」とアスラが強く抱きしめる。

「せい、という表現は的確ではないな。ヤシャにも半分この血が流れているのだと思えば、俺が勝手に手を差し伸《の》べたくなるだけだ」

「…………」

もうなにも言えなくなり、ヤシャは奥歯を噛《か》んでアスラの腕の中で身を硬《かた》くする。

アスラに特別視されるようなことなど、なにもしていない。

もしそれが、ヤシャにだけ魔眼が効かずに、目を合わせてもアスラに魅了《みりょう》されなかったことによる執着心《しゅうちゃくしん》なら……。

特別でも偶然《ぐうぜん》でもないと、魔眼に落ちない理由を語るべきだろう。

「ぁ……アス、ラ」

頭に浮かんだ「もし」をアスラ自身に告げようとしたのに、声が出なくなる。

事実を知ったアスラは、どう思う？　なんだつまらないと、ヤシャから手を離《はな》すか……これまで告げなかった理由はなんだと、詰《つ》め寄られるか。

そうなれば、何故《なぜ》だという疑問に、どんな言葉で説明すればいい？

ヤシャ自身も、自身のことにもかかわらずよくわからないのに……。

ヤシャが不自然に言葉を途切《とぎ》れさせたことに気づかないのか、アスラは命運を受け入れたかのように語る。

「浄化《じょうか》が十分ではないとはいえ、すぐに消えるわけではないだろう。あと五年か……三年か、一年か、意外と四、五十年後かもしれん。消滅《しょうめつ》の日が来たら『不老不死の魔法遣い』、おまえが見届けてくれるんだろう？　最期《さいご》に目にするものがヤシャの笑顔《えがお》なら、最高だが」

アスラは満足そうに笑っていても、ヤシャは釣《つ》られて笑えなかった。

この先、アスラが受け入れられる『魔』にどれくらい余地があるのかは、ヤシャにも推測できない。

ただ、ここで『浄化』をしても、アスラの黒く染まった髪や瞳がそのまま留まることになれば、『その日』だ。

黙《だま》り込むヤシャに、アスラは笑みを含《ふく》んだままの声で続ける。

「それまでに、一度くらいは身を預けてくれればいいが。消えゆくものへの餞《はなむけ》として、気が向けば教えてくれ」

これまで、幾度《いくど》となく繰《く》り返されてきたものと変わらなくても、今のヤシャに軽口を聞き流す余裕《よゆう》はなかった。

肩に押しつけていた顔を上げて、アスラを睨みつける。

「餞？　同情なんかで、私がアスラに身を委《ゆだ》ねると？　憐《あわ》れに思ってアスラの腕に落ちたと思われるのなら、絶対に嫌《いや》です」

消えることを前提に、だから落ちてこいと腕を広げられてうなずいたのだと思われるのなら、応《こた》えてなどやるものか。

ヤシャは険しい表情で拒絶《きょぜつ》したのに、アスラは微笑《びしょう》を滲《にじ》ませてこちらを見下ろしている。

余裕を持って受け流していたのはヤシャだったはずなのに、今は立場が逆転したようで腹立たしい。

一つ深呼吸をしたヤシャは、アスラに口説かれるたびに頭を過《よぎ》っていたことを、初めてアスラ自身にぶつけた。

「それとも、唯一《ゆいいつ》あなたの瞳《ひとみ》に魅了されなかった存在を、一度だけ好きにできれば……満足して、気が済みますか？　私が拒否し続けるから、ムキになって執着しているような気がしていただけで、本心から望んでいたわけでは……」

「ヤシャ。俺の本心を、推測で決めつけるな」

ヤシャが言葉を進めるにつれて笑みを消し、目を細めていたアスラは、不機嫌《ふきげん》を隠《かく》そうともしない低い声で遮《さえぎ》った。

両手で頭を摑み、顔を背《そむ》けて逃げることができないよう固定した上で、真っ直《す》ぐ視線を合わせてくる。

「偽《いつわ》りの執着心で、一度で満足するかだと？　その身で試《ため》せばいい」

「……その手には乗らないと、以前も言ったはずです」

同じような会話を、いつだったか交《か》わしたことがある。

ヤシャが、誘導《ゆうどう》には乗せられないと答えるのもあの時と同じで……でも、今のアスラは引かなかった。

「なんだろうな。おまえが拒《こば》めば拒むほど、好きだと告げられている気がする。消滅することなど認めない……一度腕《うで》に抱《だ》くことで、ヤシャへの執着心は勘違《かんちが》いだったと我《われ》に返られるのは嫌か？」

「自分に都合よく、変換《へんかん》しないでください」

反論は、失敗したと瞬時《しゅんじ》に悔《く》やむほど弱いものだった。

顔を背けたい。この口から出る言葉に偽りはないか見逃《みのが》すものかと、真っ直ぐ見詰《みつ》めてくる紫《むらさき》の瞳から逃《に》げたい。

逃げなければならない。

そうしなければ、隠していた本音、自分でも気づかないようにしていた特別な想《おも》いを、容赦《ようしゃ》なく引きずり出されてしまう。

瞳に真摯《しんし》な色を浮《う》かべたアスラは、ヤシャの視線を捉《とら》えたまま更《さら》に踏《ふ》み込んでくる。

「では、言えばいい。早く消えろ、清々する……と」

端整《たんせい》な容貌《ようぼう》から表情を消したアスラは、なにを思っているのか読めなかった。

ヤシャは唇《くちびる》を開きかけ、一言も発することができずに引き結ぶ。

……言えない。

本音ではなく、この場をやり過ごすための逃げ口上だとしても、そんなふうに言えるわけがない。

「黙っていると、都合よく受け取るぞ」

「……どうあっても、逃がしてくれないんですね」

「残りの時間がどれほどあるか、わからないからな」

アスラの答えに、眉を顰《ひそ》める。

そうして『残り』を意識させられることをヤシャが嫌がっているのだと、知りながら振《ふ》りかざすアスラは卑怯《ひきょう》だ。

時間稼《かせ》ぎも逃げも、許してくれない。否応《いやおう》なく、アスラにも自分の心にも、正面から向き合わされる。

「私は、『魔王』の末路を憐れみません。先代も先々代も、『魔法遣い』の役目として見届けました」

「ああ」

ヤシャの言葉に、アスラはしっかりとうなずく。

自分が霧散《むさん》する日を想像しても、恐《おそ》れを感じている様子はない。理由が、ヤシャが見届けるからというものなら、アスラには悪いが引き受けるのはごめんだ。

「でも……霧《きり》となって消える姿を見たくないと思ったのは、アスラだけです。見たくない。絶対に、笑いません。笑えるわけが……ない」

なんとか言い切った語尾《ごび》は、震《ふる》えていたかもしれない。

目を逸《そ》らすことなくヤシャの言葉を聞いていたアスラは、望みを拒絶されたにもかかわらず笑みを浮かべる。

「そうか。……強烈《きょうれつ》な告白だな」

もう、違うと否定することはできない。

近づいてくる紫の瞳に、ピクリと指先を震わせて手のひらを握《にぎ》り込む。吐息《といき》を感じ、アスラの唇がやんわりと重ねられても、動くことができなかった。

《九》

短い草の上、アスラが脱《ぬ》ぎ捨てた衣服を下敷《したじ》きにして転がされる。目に入る眩《まぶ》しい光に、顔を背けた。

「アスラ、ここ……で」

受け入れると明言したわけではないが、拒まないことで意思を示したのは事実だ。でもまさか、即座《そくざ》に押し倒《たお》されるとは思わなかった。

清浄《せいじょう》な空気が満ち、眩《まばゆ》い光が降り注ぐ『浄化』の場でヤシャを腕に抱こうとするアスラに、本気かと戸惑《とまど》う。

躊躇《ためら》うヤシャをよそに、アスラは「ああ」と即答した。

「一番安全で、邪魔《じゃま》が入らない場所だろう。それに、いつヤシャの気が変わるかわからんからな」

「あ……」

ヤシャが逃げられないようにか、目を細めたアスラは薄《うす》い布を重ねた服に手をかけると、一気に剝《は》ぎ取った。

制止する間も、抗《あらが》う隙《すき》もない。

「なにより……もう待てない」

短く口にしてヤシャを見据《みす》える紫の瞳は、これまで見たことのない光を湛《たた》えていた。

言葉遊びを楽しむ余裕もなく、陥落《かんらく》させようとする魔の力を帯びたものでもない。

ただ、愛《いと》しさを込めた熱っぽい眼差《まなざ》しだ。

「ヤシャの肌《はだ》は、初めて目にする。白く、滑《なめ》らかだ」

アスラに凝視《ぎょうし》されたヤシャは、なにも言えず目を泳がせる。

相手が誰《だれ》であろうと、『魔法遣《まほうつか》い』が肌を晒《さら》すことはない。じっくり見られることで、これほど落ち着かない心地《ここち》になると初めて知った。

「……美しい」

ヤシャの戸惑いに気づかないのか、感嘆《かんたん》の声でつぶやいたアスラは、蜂《はち》が蜜《みつ》に引き寄せられるようにヤシャの首筋に口づけた。

「ッ……ん」

肌の触感《しょっかん》を味わうように、軽く舐《な》められる。それだけでも、他者との接触に免疫《めんえき》のないヤシャにとっては、とてつもなく刺激《しげき》が強い。

ピクッと身体《からだ》を震わせたヤシャを見下ろすアスラの目からは、極上《ごくじょう》の獲物《えもの》を前にしたかのような高揚感《こうようかん》が伝わってくる。

ざわりと背筋を這《は》い上がったのは、悪寒《おかん》に似ているけれど少し違う不可解な感覚だった。アスラの高揚が伝染《でんせん》したのかもしれない。

「すごい目だ。一瞬《いっしゅん》で、丸のみされそうですね」

動揺《どうよう》を隠すため、敢《あ》えて軽い口調でアスラに話しかける。

軽口を装ったけれど、実際に視線だけで肌をチリチリと焼かれているみたいだった。

「まさか。一度で食い尽《つ》くす気はない。勿体《もったい》ないだろう」

食い入るような眼差しを揶揄《やゆ》するヤシャの一言を笑うでもなく、真面目《まじめ》に答えて唇を重ねてきた。

アスラの……『魔王』の口づけは、あらゆる魔族や人にとって猛毒《もうどく》にも等しい激烈すぎる『魔薬』だ。

恍惚《こうこつ》のうちに魂《たましい》を抜《ぬ》かれて、『魔王』の下僕となる。

でもヤシャには、魔眼と同じく効力がない。ただ、どんな花の蜜よりも甘く……沸《わ》き立つ湯よりも熱かった。

「ン、っ……ふ、ぁ……ッ」

逃げかかる舌を誘《さそ》い出されて、吸いつかれ……厚みのあるアスラの舌に、翻弄《ほんろう》される。濡《ぬ》れた音が耳に届き、とろとろに溶《と》け落ちていくようで、怖《こわ》くなる。

確かなものを求めたヤシャは、震える手を伸《の》ばしてアスラの肩《かた》に縋《すが》りついた。

貪《むさぼ》るような口づけにも逃げようとしないヤシャに、本気で身を預ける気だと信じられたのだろう。

急《せ》いた気配を漂《ただよ》わせていたアスラから、焦燥感《しょうそうかん》が消える。

「ヤシャも、身体の熱を上げることがあるんだな。それに、胸元《むなもと》から鼓動《こどう》が伝わってくる。不思議な感じだ」

大きな手を胸の中心に押し当てられ、素肌《すはだ》に感じるアスラの体温にビクリと身体を震わせる。過敏《かびん》な反応が恥《は》ずかしくなり、アスラから顔を背《そむ》けて言い返した。

「魔法遣いは、血も流れていないと思っていましたか？」

「いや、半分でも人の血を有するのだから、人と魔族の特徴《とくちょう》を両方備えていてもおかしくはない。特別なのは、不老不死の特別な魔力を纏《まと》っていることだけか」

脈動を確かめるように、胸元を執拗《しつよう》に撫《な》でられて息が乱れる。ドクドクと、忙《せわ》しない動悸《どうき》を感じる。

誰かに触《ふ》れられることで、常に平静であるはずの心臓の鼓動が、こんなにも忙しないものになるなんて知らなかった。

「っ、一つ……訂正《ていせい》があります」

「ん？　なにが？」

ヤシャの囁《ささや》きに、首筋から下……胸元へと口づけの場所を移動させながら、聞き返してくる。

光を弾《はじ》くアスラの髪《かみ》を視界の隅《すみ》に捉《とら》えながら、これまで誰にも話したことのない『魔法遣い』の特性を告げた。

「魔法遣いは、不老不死ではありません。正確には、不老長寿《ちょうじゅ》です。そうでなければ、『魔法遣い』が複数存在するはずでしょう」

ヤシャの言葉に、アスラがピタリと動きを止めて顔を上げた。

紫《むらさき》の瞳《ひとみ》が、今の言葉に偽《いつわ》りはないのか探《さぐ》るようにヤシャの瞳を見据える。

「初めて聞いた」

揺《ゆ》らぐ目の意味は、半信半疑だけれど、ヤシャが嘘《うそ》を吐《つ》くことはないとわかっているので戸惑っている……といったところだろうか。

ふっと息をついたヤシャは、続きを口にする。

「初めて話しましたから。純潔を保つ限り、不老不死に限りなく近い存在でいられます。ただ、純潔を失えば、交接した相手と時を同じくする。魔族だろうと人だろうと、相手の残りの寿命を、そのまま身に受けることになります」

言葉を切ると、アスラはヤシャがこれまで見たことのない表情で視線を泳がせた。

魔王として威風堂々《いふうどうどう》と振《ふ》る舞《ま》ってきたアスラが、躊躇いを覚えたのはきっと初めてだ。アスラ自身も、自分の胸に湧《わ》いた感情の意味がわからなくて戸惑っているのだろう。

手を伸ばしたヤシャは、アスラの髪に触れながら語る。

「私の師である先代の『魔法遣い』は、後継《こうけい》の私を育てて『魔法遣い』としての心得や理《ことわり》を伝授し、独り立ちできると判断したところで『人』の手を取って森を去りました」

どうして、『人』と共に命を終えるのだと疑問をぶつけたヤシャに、師は微苦笑《びくしょう》を浮《う》かべて答えた。

……それは、きっと今のヤシャに話しても、「わからない」と言われるでしょう。いつか、ヤシャも知る日が来るかもしれません。

穏《おだ》やかに口にする師の姿はすっかり薄れ、記憶《きおく》から消えかけている。でも、その時は理解できなかった言葉だけは今も憶《おぼ》えている。

「私は、すべて承知でここにいるのに……アスラが怖気《おじけ》づくんですか？　私と命の時を同じくするのは、嫌《いや》だとでも？」

金色の髪を指に絡《から》ませて、ツンと軽く引っ張る。

あからさまなヤシャの挑発《ちょうはつ》に、アスラはじわりと笑《え》みを浮かべた。

「俺が思うより、ヤシャは俺のことを好いていたんだな」

「……かもしれません」

アスラは、ヤシャの曖昧《あいまい》な答えにムッとした顔で喉元《のどもと》に齧《かじ》りついてくる。鋭《するど》い牙《きば》の感触に、肌が粟立《あわだ》った。

「純潔……ということは、誰の肌も知らない。こうして触れたことも、触れられたこともないのか」

「ッ……ぁ！」

胸元から腹を縦断したアスラの手が、更《さら》に下まで滑《すべ》り落ちる。男性器に長い指が緩《ゆる》く絡みつき、初めて知る感覚に唇《くちびる》を震《ふる》わせた。

「私は、男性体ですが……アスラは構わない、んですか」

「今更なんだ。『魔法遣い』が男性体だということは、初めから承知している」

確かに、今更の問いかけだと自分でも思う。最初から当然のように口説いてきたので、疑問をぶつける間もなかったのだ。

「もっと、魅力溢《みりょくあふ》れるお相手がいくらでもいるでしょう」

誰の肌も知らないヤシャとは違《ちが》い、アスラはきっと、豊満な肉感の魔族や魅惑《みわく》的な人の若者も腕《うで》に抱《だ》いたことがある。

色欲を満たすことは魔族にとっては気を養うのに必要で、人の食事と変わらないのだから、嫌悪《けんお》するほど潔癖《けっぺき》ではない。

でも、この身がアスラの目にどう映っているのか……触れて、期待外れだと落胆《らくたん》されないか。

そんなことを気にかける自分に、戸惑《とまど》った。

「男性体も女性体も、両性体も腕にしたことがある。……あらゆる魔族に人の男に女、どんなものよりもヤシャが綺麗《きれい》だ。軽く触れているだけで、気が満ちて溢れそうになる。ほら、確かめてみろ」

「あ……角、が」

手を取られて、アスラの頭上に誘導《ゆうどう》された。緩く癖《くせ》のある金の髪を掻《か》き分けて、硬《かた》い……角の感触を指先に感じる。

「本能が抑《おさ》えきれなくなるかもしれん。俺が無理を強《し》いそうになったら、どうやってもいいから止めてくれ」

魔王《まおう》としての本能が理性を凌駕《りょうが》しそうだと、普段《ふだん》は抑えられている角の存在がヤシャに語っている。

それほど、アスラにとってヤシャが蠱惑《こわく》的なのだと、言葉を並べられる以上に明確に示されて、懸念《けねん》が消し飛んだ。

「好きにすればいい。私は、どんな人や魔族よりも丈夫《じょうぶ》です。どんなアスラでも、受け止められる」

膝《ひざ》を立て、アスラの脚《あし》に密着させる。指の腹で角の先端《せんたん》を撫でると、わずかに角が伸びるのがわかった。

ヤシャを見下ろすアスラの瞳が、ますます熱を帯びた色に変わる。

「途中《とちゅう》で気が変わっても、逃《に》がしてやらないからな」

「……逃げません」

アスラの頭を引き寄せて、唇を触れ合わせる。先ほど身に受けたものを真似《まね》て、舌先を伸ばしてアスラの唇を舐《な》めた。

すぐさまアスラの舌が応《こた》え、絡みついてくる。

「ン……ぅ」

舌の動きと連動するように、男性器に絡みついていたアスラの指がゆるゆると動いて刺激《しげき》を与《あた》えてくる。

体温の低いヤシャにとって、アスラの口づけや手指のぬくもりは、肌がヒリヒリするほど熱く感じた。

「はっ、ぁ……ッあ、アスラ、熱……い」

その熱が、触れられているところからどんどん流れ込んできて、ヤシャの吐息《といき》の温度を上げる。

口づけの合間に、息を継《つ》ぎながら熱さを訴《うった》えても、アスラは聞こえていないかのようにヤシャの身体《からだ》に触れ続けた。

「俺の体液とおまえの体液、どちらの効能が強いか……」

魔王の体液は、興奮の媚薬《びやく》。

魔法遣《まほうつか》いの体液は、沈静《ちんせい》の秘薬。

机上《きじょう》の知識として頭に存在はするものの、対峙《たいじ》すればどちらが勝《まさ》るかなどと試《ため》そうと思ったこともない。

アスラのつぶやきに答えることはできず、唇を引き結んで顔を背《そむ》ける。

「試してみるべきか」

ヤシャの答えは初めから求めていなかったのか、アスラは自身の指を舐め濡《ぬ》らしてヤシャの膝を開かせた。

「あ……」

後孔《こうこう》に押しつけた指先を浅く埋《うず》められて、ビクッと脚を震わせた。

目が合ったヤシャに、アスラは薄《うす》い笑みを浮かべて口を開く。

「知らなかったか？　男性体でも、交接は可能だ」

「知……っ、てます」

知らないわけではない、と言い返すあいだに指を深く突《つ》き入れられて、初めて身に受ける奇《き》妙《みょう》な感覚に拳《こぶし》を握《にぎ》った。

アスラの指……関節の節まで感じる。じわじわと抜《ぬ》き差しされるたびに、勝手に身体が震えた。

「悪くはなさそうだ」

「あっ、アスラ……それ、どっちも」

「抗《あらが》うな。受け入れれば、もっとよくなる」

片方の手で男性器に触《ふ》れながら、後孔に突き入れる指の数が増える。

どちらの感覚を追えばいいのか戸惑うヤシャに、アスラはすべて受け止めろと告げて指に力を込めた。

「ッ、アスラ……、ぁ、ぁ……っ」

なにもかも熱い。どこから生じる熱なのか、もうわからなくなりそうだ。

でも、これで終わりではない。頭の片隅《かたすみ》に残る思考が、翻弄《ほんろう》されるばかりでいいのかとヤシャの背を押す。

「もう、ッ……いいです。指じゃ、ないでしょう？」

この身で受け入れるのは指ではないはずだと、アスラに手を伸《の》ばして屹立《きつりつ》に触れる。

触れた途端《とたん》、同じ男性体と呼べないほどの熱量に怯《ひる》んで手を引きかけて……指を絡みつかせた。

手の中に緩く包むと、息を詰《つ》めた気配と共にアスラの肩《かた》が小さく震える。

「ッ……ヤシャ。よせ。本能が暴走する」

「好きにしていい、と言ったはずです」

苦痛を耐《た》えるように顔を歪《ゆが》めたアスラに、今更遠慮《えんりょ》するのかと睨《にら》む。

一方的に与えられ、翻弄されるのは本意ではない。ヤシャも、アスラの抱《かか》えた熱を知りたかった。

「アスラ。私を同じところに堕《お》とすのは、怖《こわ》いですか？」

服を剝《は》ぎ取られた時は、すぐにでも貪《むさぼ》り尽《つ》くされそうな焦燥感《しょうそうかん》を漂《ただよ》わせていた。けれど今、アスラが先延ばしにしようとするのは、ヤシャが『魔法遣い』にとっての純潔がどんな意味を持つのか、伝えたせいだろうか。

「…………」

アスラは、無言だ。

ヤシャと目を合わせようとしない紫《むらさき》の瞳《ひとみ》が、もどかしくて堪《たま》らなくなる。

「私が望んでも？」

強気で押し倒《たお》したくせに、今になってなんだと目に力を込める。

ギリギリのところで躊躇《ちゅうちょ》して見えるアスラに、ヤシャ自身も望んでいるのだと口にする。

求められていることは、アスラに触れた指が感じている。ヤシャが煽《あお》り立てようとしなくても、熱は増すばかりだ。

ふっと息をついたアスラは、なにかを払《はら》い除《の》けるように頭を左右に振《ふ》ってヤシャと視線を絡《から》ませた。

「……怖い。けど、ヤシャが欲しい」

躊躇いを捨て、胸の内側にまで響《ひび》く声だ。

屹立を包むヤシャの手を外させたアスラは、後孔に含《ふく》ませていた指を抜いて膝を摑《つか》む。食い込む指の力強さが、アスラの抑え切れない熱情を語っていた。

先ほどまで含まされていた指とは比べ物にならない、熱の塊《かたまり》を感じて……。

「あ……ぁ、ッ……ん、ぅ」

「ヤシャ……ッ」

これまで身に受けたことのない圧迫感《あっぱくかん》と息苦しさに、きつく閉じた瞼《まぶた》の裏で細かな光がチラチラと舞《ま》う。

熱くて熱くて、身体の内側から焼き尽くされそうだった。

全身が溶《と》かされそうで、自分がここに在ることを確かめたくて縋《すが》りついたアスラの身体は、もっと熱を帯びている。

「アスラ……？　なんて顔、して……」

至近距離《きょより》で視線が合い、指先に感じた時よりも遥《はる》かに伸びた角と熱で潤《うる》む紫の瞳に、意識することなく微笑が滲《にじ》んだ。

理性を捨て、『魔』の本能を剝《む》き出しにして求められている。

そのくせ泣きそうなものにも見えて、愛《いと》しさが一気に加速した。

「これで、アスラも、私の……っです」

一方的に奪《うば》われているのでも、与えているのでもない。ヤシャも、アスラを我が物にしたのだと告げて、しがみつく手に力を増す。

「……そうだ。俺のすべてを、ヤシャに捧《ささ》ぐ。だから、終わりの日まで俺と……俺の傍《そば》に、いてくれ」

懇願《こんがん》は、無敵と言われる『魔王』らしくない自信のなさそうな響きで、だから愛しくて堪らない。

いつから、自分の中でこれほどアスラが特別になっていたのだろう。

光を集めたような黄金の髪《かみ》、澄《す》んだ紫《むらさき》水晶《ずいしょう》の瞳、極上《ごくじょう》の美貌《びぼう》を誇《ほこ》る『魔王』は、ヤシャを真っ直《す》ぐに見据《みす》えて「気に入った。魔法遣い……いや、ヤシャ。俺のものになれ」と傲慢《ごうまん》に言い放った。

口づけは、しばらく余韻《よいん》を漂わせるほど強烈《きょうれつ》で……忘れられなかった。

自分たちの役割である『魔王』と『魔法遣い』ではなく、個の名で呼べと言われたのも初めてだった。

思えば最初から、アスラはヤシャの知るこれまでの『魔王』とも、魔族や人とも違《ちが》っていた。

手を伸ばして角を撫《な》で、降り注ぐ光を浴びて黄金に輝《かがや》く髪を掻《か》き乱した。

「約束、します。残された日々は、アスラのために」

返答に口づけを添《そ》えて、アスラの背を抱く手に力を込めた。

ヤシャを抱き寄せるアスラの腕《うで》の力も、これまで以上に強くなる。身体の奥に受け入れたアスラの熱も、存在感を増してヤシャを熱の渦《うず》に巻き込む。

「アスラ……ッ、熱……い」

身の内側から、アスラの情熱で焼き尽くされる。快楽なのか苦痛なのか、紙一重《かみひとえ》の感覚はこれまで知らなかった類《たぐい》のもので、無我夢中でアスラの背中に縋りついた。

混乱の原因は、アスラに与《あた》えられている熱で……でも、そのアスラから離《はな》れることなどできない。もっと、もっと……際限のない貪欲《どんよく》な欲望がこれまで自分の中にあったことなど、知らなかった。

ヤシャから『魔法遣い《まほうつか》』として失格な感情の揺《ゆ》らぎを引き出すのは、いつもアスラだ。

「ヤシャ。ヤシャ……初めて顔を合わせた時から、なんとしても、おまえが欲しかった。ヤシャしか、いらない」

「あ……、ッぁ、アス……ラ」

「もっと、俺の名を呼べ。俺だけ……目に映せ」

誰《だれ》もが魂《たましい》を奪われるというアスラの瞳が、今はヤシャだけを見詰《みつ》めている。

わずかに覗《のぞ》く心許《こころもと》ない色は、ヤシャには魔眼の効力がなく拒否《きょひ》される可能性があると不安があるせいだろうか。

傲慢で身勝手なのかと思えば、真っ直ぐな感情をぶつけてくる。

どんな時も、ヤシャへの情愛は変わらず……。

「アスラ、あなたのものにしてくださ……い」

「ン……」

黄金の髪を撫で回すと、アスラは泣きそうな顔でうなずいてヤシャを強く抱き締《し》め、身の奥深くに熱を注いだ。

「ぁ、あ……ぁっ！」

その熱量に誘《さそ》われて、ヤシャも未知の悦楽《えつらく》に強く瞼を閉じる。身体《からだ》の境界が曖昧《あいまい》になって混じり合いそうな熱と、同じ激しさで脈打つ鼓動《こどう》を感じながら抱き合った。

交接した相手と、時を同じくする。それは、長い年月を魔族と人との仲介《ちゅうかい》に費《つい》やす『魔法遣い』への褒美《ほうび》だろうか。

アスラの背中を抱きながら、ふと頭に浮《う》かんだ。

訳があって『魔法遣い』を手放すのではない。

ただ、アスラと共にいたいだけだ。

時が満ちてアスラと消滅《しょうめつ》することを想像しただけで、胸の内側があたたかいものでいっぱいになる。

人の言う「幸せ」とは、今ヤシャの胸に渦巻く想《おも》いなのかもしれない。

教えてくれなかった師の答えが、ヤシャと同じかどうかは知る術《すべ》がないけれど……。

《十》

熱の嵐《あらし》に巻き込まれたような時が過ぎ、乱れた鼓動が落ち着きを取り戻《もど》しても、アスラはヤシャを抱く腕を放してくれなかった。

これまでせせらぎのようだった流れ落ちる滝《たき》の音が、やけに大きく聞こえて、胸元《むなもと》にあるアスラの腕を軽く叩《たた》いた。

滝の音が遠くに聞こえるほど、アスラにだけ意識を向けていたのだと思えば、気恥《きは》ずかしいけれど……いつまでもここに籠《こ》もっているわけには、いかない。

「アスラ。そろそろ、戻らないと……マスティマとジズが心配します」

この『場』は昼夜に関係なく常に煌々《こうこう》とした光が降り注ぎ、時間の経過を感じさせるものはない。

でも、アスラの『浄化《じょうか》』を目的に訪《おとず》れてから、ずいぶんと時間が経《た》っていることはわかる。

アスラの状態が尋常《じんじょう》ではなかったこともあり、ジズはともかく、マスティマはきっと気を揉《も》んでいる。

ヤシャの言葉に、アスラは不満そうに零《こぼ》した。

「もう少し、二人きりでいてもいいだろう」

「ダメです」

身体に巻きつく腕を外しながらヤシャが即答《そくとう》したせいか、アスラはムッとした顔で上半身を起こす。

「もう普段《ふだん》通りのヤシャか。さっきまでは、あんなに可愛《かわい》かったのに」

「……夢でも見ていたのでは？」

意味深な笑《え》みを浮かべたアスラに胸元を撫でられて、不埒《ふらち》な手を振《ふ》り払《はら》う。

平静そのものの声で、突《つ》っ撥《ぱ》ねることができた自信がある。顔を背《そむ》けたから、熱くなった頬《ほお》は隠《かく》せたはず……。

理性を手放した自分が、アスラの前でどんな痴態《ちたい》を晒《さら》したのか、すべて綺麗《きれい》に忘れてしまいたい。

「ジズが様子を見に来る前に、戻ります」

アスラに背を向けたヤシャは、草の上に落ちていた衣服を拾い上げて身に着ける。

ヤシャが微塵《みじん》も甘い空気を漂《ただよ》わせていないと察したらしく、アスラもようやく身嗜《みだしな》みを整える気になったようだ。背中越《ご》しに、衣擦《きぬず》れの音が聞こえてきた。

服を整えながら、何気なく自分の身体を見下ろす。

アスラを受け入れたことで、『魔法遣い』としての変化は……特に感じない。自分ではわからないところで、なにかが違っているのだろうか。

手のひらを見下ろして、指を握《にぎ》ったり開いたり……髪を摘《つ》まんで眺《なが》めてみても、これまでと変わらなく見える。

傷を負っても、治らないとか？

目に見える形で、変化を体感してみるべきかもしれない。

ヤシャが、自身を検分しながら首を捻《ひね》っていると、

「あ……そうだ、ちょっと待てヤシャ」

「はい？」

背後から腕を摑《つか》まれて、反射的に振り向いた。

アスラから見た自分が、どこかおかしいのかと身構えたけれど、アスラの目はヤシャを見ていない。

なんだ？　白い岩肌《いわはだ》を流れ落ちる、滝……違う、その脇《わき》にある大樹を見ている？

「どうしました？」

なにがそれほど気になるのだと、アスラと肩《かた》を並べた。樹《き》のほうを眺めても、なにかがあるわけではなさそうだ。

「ヤシャにも、見てもらいたい」

言葉で説明するより、実際にヤシャに見せたほうが早いと思ったのだろう。

アスラは、疑問に答えるのではなくヤシャの手を取って大股《おおまた》で歩き、青々とした葉を茂《しげ》らせている巨大《きょだい》な樹の下に立つ。

「あれだ。どう思う？」

アスラが指差したのは、太い幹の裏側……滝のほうから覗かなければわからない位置だ。

その指先に視線を向けたヤシャは、ハッと目を瞠《みは》った。

「これは……」

樹の根元から生えているのは、若葉だ。樹の枝ではなく、小さな蕾《つぼみ》のようなものも見て取れる。

ヤシャは一言零したきり、アスラが指差したところをジッと見詰めたまま唇《くちびる》を引き結んで立ち尽《つ》くす。

この樹は常緑樹で、花を咲《さ》かせて実をつけるものではない。

ただし、例外がある。

「ここに来た時から、気がついていたんだ。でも、おまえが『浄化』を急《せ》かすから言い出せなかった。おまえなら、花を咲かせ実となろうとしていることの意味がわかるな？」

「ええ」

浄化のための、滝の脇に聳《そび》える大樹。滅多《めった》なことでは花を咲かせ、実を生《な》すことはない……

それは、『魔王《まおう》』のための花と実だ。

現魔王の終焉《しゅうえん》が近づくと、新たな芽を出す。

ヤシャの背丈《せたけ》ほどに育つと紫《むらさき》の大輪の花を咲かせ、花が枯《か》れると実が生り、その実から次世代の魔王が誕生する。

育つ過程を見守り、熟《う》れた実が割れかけたところで魔王の誕生を待つ北の地へ運ぶのは『魔《ま》法遣《ほうつか》い』の役目だ。

「アスラの実を採ったのは、私です。ここから運び出し、北からの迎《むか》えに引き渡《わた》しました」

抱《かか》えた『実』の重みは、今も憶《おぼ》えている。

森の外れで引き渡した北の地からの迎えは、新たな『魔王』の誕生を待ち侘《わ》びていた。

「これが芽吹《めぶ》いて、どれくらいで実となる？」

アスラの問いに、若緑の芽から目を逸《そ》らすことなく答えた。

「決まった期間はありません。十年かもしれないし、五十年かもしれません。アスラは……八十年近くかかったでしょうか」

先代の魔王からアスラに引き継《つ》がれるまでは、長かった。ジズと訪れたここで、日々、実が育つのを見守ったことを思い出す。

美しい、紫の花は……アスラの瞳《ひとみ》と同じ色だった。

「必要なのは、角の一部と髪《かみ》と、血……だったか？」

淡々《たんたん》と口にしたアスラは、自分の髪を一房《ひとふさ》摘まみ、「変色していても問題ないのか」と首を傾《かし》げている。

「花が咲き、実が生る直前ですから、まだ先です」

角の一部と髪と、血。それらを核《かく》の部分に抱《いだ》かせて、実となり……『魔王』は、そうして引き継がれていく。

だから、代々の魔王の外見は、複製されたようにほぼ同じなのだ。

気質《きしつ》が異なる理由は、育成環境《かんきょう》が影響《えいきょう》するのか花や実の過程でなにかがあるのか、『魔法遣い』にもわからない。

「ふ……ん。まぁいい。後継《こうけい》が育つのを観察するのも、面白《おもしろ》い」

小さく笑ったアスラは、それだけ口にすると大樹に背を向ける。動こうとしないヤシャを振り向き、「戻《もど》るんじゃないのか？」と洞窟《どうくつ》へ促《うなが》した。

若芽からぎこちなく目を逸らしたヤシャは、ゆっくりと身体《からだ》の向きを変えてアスラの背を追った。

次世代の出現を見せつけられ、アスラに終焉が訪れることを思い知らされた気分だ。

アスラはいつもと変わらず笑い、軽い口調で「面白い」などと口にしたけれど、本心ではなにを思っているのだろう。

取り留めなく考えながら暗闇《くらやみ》の洞窟を抜《ぬ》けたところで、アスラがヤシャに向き直った。

「ヤシャ。ヤシャが考えていることを受けて俺がなにを思っているか、教えてやろうか」

ヤシャを見下ろすアスラの表情は、イタズラを企《たくら》んでいる時のものだった。ここまでの道すがら、ヤシャがずっとアスラのことを考えていると見透《みす》かされているようだ。

まさか、思考が伝わっているなど……あるわけがないと思いつつ、アスラの笑みを見ていると否定しきれない。

「……顔に出ていますか？」

眉《まゆ》を顰《ひそ》めたヤシャは、自分の頬を手の甲《こう》で擦《さす》る。アスラに悟《さと》られるほど顔に出てしまっていたのなら、とんでもない失態だ。

感情を出さない、思いを他者に読み取らせないことには自信があったのに、迂闊《うかつ》な自分が腹立たしい。

複雑な表情をしているはずのヤシャに、アスラは笑みを深くして返してきた。

「いや、あまり変わらん。なんとなく伝わってくるだけだ。……身体を重ねたことで、『気』まで感じ取りやすくなったのかもな」

「それは……」

ないとも、あるとも言えない。師は、そこまでは教えてくれなかった。

でも、もし今まで隠せていた感情がアスラに伝わってしまうのなら、今後平然としていられる自信はない。

困惑《こんわく》するヤシャをよそに、アスラはこれまでとなにも変わらない。

「おまえと育てるのも、悪くないってことだ」

なぁ？　と楽し気に紫の瞳に目を覗《のぞ》き込まれて、釣《つ》られてうなずいてしまった。

そうか。今度は、アスラと一緒《いっしょ》に次世代の『魔王』が育つ過程を見守るのか……と思えば、確かに退屈《たいくつ》はしなさそうだ。

実を割って誕生すると同時に、先代のアスラは霧《きり》となる。同時に、ヤシャも消えるはずだ。

魔王自身が手をかけた後継は、どんなふうに育つのか……数え歳二十を迎えて、即位《そくい》する姿を見られないのは少しだけ残念だった。

『ヤシャ、アスラ！　ようやく出てきたな。リヴァイアサンの瘴気《しょうき》を「浄化《じょうか》」するのに、それほど手間取ったか』

バササッと頭上で羽音が聞こえた直後、黒い梟《ふくろう》が肩に降りてくる。ヤシャとアスラが洞窟を抜けた気配を察したジズが、急いで飛んできたらしい。

ジズの羽音のおかげでふわふわしていた気が引き締《し》まり、現実感を取り戻すことができた。

「どれくらい、籠《こ》もっていましたか？」

ようやくと言われるほど、長期間あの『場』にいたのかと尋《たず》ねる。

時間の感覚が鈍《にぶ》いのは、浄化の『場』が常に光で満たされていることと……もういいだろうとヤシャが逃《に》げかけても、アスラが離《はな》してくれなかったせいもある。

アスラはヤシャに、ヤシャはアスラに、片時も離れないとばかりに耽溺《たんでき》していたことを思えば、ジズと目を合わせることができない。

幸いジズは気まずさを抱えたヤシャに気づかないのか、左右に首を傾《かたむ》けて答えた。

『一昼夜といったところだな。が……アスラよ、抜けきっておらんな』

アスラに顔を向けたジズは、毛先に残る黒い翳《かげ》りを指摘《してき》する。

長く『魔法遣い』に仕えてきたジズも、『浄化』が不完全であることがなにを意味するのか、知らないわけがない。

「ああ。どうやら、そう遠くないうちに世代交代らしい」

悲愴《ひそう》感の欠片《かけら》もなく笑って軽く答えたアスラに、ジズは思案するように首を捻《ひね》り……ヤシャの顔を見詰《みつ》めた。

目を合わせずにいると、肩《かた》から飛び立ってヤシャとアスラの頭上をぐるりと周回する。

『アスラよ、ついにヤシャを落としたか』

「……それは、おめでとうございます」

ジズの台詞《せりふ》に呼応して背後の木陰《こかげ》から聞こえてきた声は、マスティマのものだ。

なにも言えないヤシャに代わり、アスラが満面の笑《え》みで答える。

「ヤシャは俺のものだ」

「それより他《ほか》に、マスティマに言うべきことがあるでしょう」

得意げにヤシャとの関係を誇示《こじ》している場合ではないだろうと、アスラの着ている服の袖《そで》を引く。

アスラの異変は一目でわかるはずだが、ジズと違《ちが》いマスティマから尋ねることなどできるわけがない。

「言うべき……ああ。どれくらい先かわからんが、俺は霧になる。まぁ、次世代が誕生してからだ。後継の魔王も支えてやってくれ」

消滅《しょうめつ》という重要な内容を告げるのにそぐわない、軽い口調での報告だ。

頬《ほお》を引き攣《つ》らせたヤシャとは違い、表情一つ変えずうなずいたマスティマは、毛の先ほども狼狽《ろうばい》することなくアスラに答えた。

「申し訳ございませんが、アスラ様が役目を終える時は俺も消える予定です。なので、次世代の魔王の側近については適任者を別に用意してください」

「そこまで俺に、つき合わなくてもいいんだぞ。ヤシャが一緒だ」

マスティマの言葉に眉根《まゆね》を寄せたアスラは、ヤシャの肩を抱《だ》き寄せて忠実に従う必要はないと告げる。

マスティマの手前、図々《ずうずう》しく抱き寄せるなとアスラの手を払《はら》い落とすことができない。

「ヤシャ殿《どの》はもちろん、アスラ様に寄り添《そ》っていただけるとありがたいです。それとは別に、俺の勝手な希望ですのでお許しいただきたい。……アスラ様に拒《こば》まれても、意志を貫《つらぬ》くつもりですが」

淡々と答えたマスティマの肩に舞《ま》い降りたジズが、羽を広げて『ククッ』と笑った。

『マスティマは引かぬだろう。殉死《じゅんし》を望む側近の願いを叶《かな》えるのも、主君の務めだ』

「……好きにしろ」

アスラは渋々《しぶしぶ》といった様子でうなずき、ジズの援護《えんご》を受けたマスティマは嬉《うれ》しそうに「すまないな、ジズ」と羽の先を撫《な》でる。

マスティマの手に頭を擦り寄せたジズは、『さて』と言い残して飛び立った。

「ジズ、どちらへ」

『後継の魔法遣《まほうつか》いが必要だ。ヤシャが資格を失ったのであれば、既《すで》に、どこかで生まれているだろう』

それだけ言い残して、空の向こうへと姿を消す。

ジズが黒い点となり、完全に見えなくなってからアスラが口を開いた。

「ヤシャの後継ってことは、人と魔族のあいだに生まれる子だろう？　ジズに、わかるものなのか？」

不思議そうに首を捻るアスラは、『魔法遣い』がどのような存在か知ってはいても、後継として育つ過程は想像もつかないはずだ。

ヤシャは、肩を抱くアスラの手からさりげなく身体を逃がして、疑問に答えた。

「魔族と人との婚姻《こんいん》は珍《めずら》しくなくても、そのあいだの子となれば稀《まれ》な存在です。北の地でも南の地でも異端《いたん》者であり、適応できない。私は、森の外れに捨てられているところをジズに拾われました。どこかで既に誕生しているのなら、ジズが連れ帰るでしょう」

「……攫《さら》ってくるのか」

ヤシャの言葉を聞いて零《こぼ》した端的な一言を、言い直す。

「保護するのです」

見上げたヤシャと目が合ったアスラは、「はっ」と笑ってうなずいた。

詭弁《きべん》に思われるかもしれないが、事実だ。赤子のヤシャも保護されて、森の家で師に育てられた。

今度は、ヤシャが後継《こうけい》を育てる番だ。

「俺の後継の『実』とヤシャの後継の『子』と、両方を育てることになるのか。忙《いそが》しいな」

「アスラが、手を貸してくださるのでしょう?」

ジズに聞いてみないと確かなことはわからないが、『魔王』と『魔法遣い』をほぼ同時に育てるなど、前例がないはずだ。

少なくとも、ヤシャを育てた師から聞いた記憶《きおく》はない。

自分に務まるのか不安が込み上げてくるが、「面白《おもしろ》い」と言ったアスラが共に育ててくれるのなら、なんとかなりそうな気がするから不思議だった。

「ああ……ただ、教育係にはマスティマのほうが適任かもな」

「……ジズもいますから」

確かに、アスラとヤシャよりも、マスティマとジズのほうが教育係には適している。

なんとも形容し難《がた》い苦笑《くしょう》を浮《う》かべたアスラと目を合わせて、ヤシャも苦い微笑《びしょう》を唇《くちびる》に滲《にじ》ませた。

これまでの三百年あまり、生きることを楽しいと思うことはなかった。なのに、終焉《しゅうえん》に向かう日々が楽しそうだと感じる自分が不可解だ。

理由は……と答えを探し出すより先に、アスラが手を握《にぎ》ってくる。

そうだ。きっと、時を同じくする存在があるから……。

禁域で蜜月の続きを

これまでヤシャは、途方《とほう》に暮れるという経験をしたことがない。見習い『魔法遣い』の時は師が指導してくれたし、独り立ちしてからは心強い眷属《けんぞく》であるジズが常に寄り添い、助力してくれた。

しかし、これはどうしたものか……。

ふっと息をついたヤシャは、大きな籠《かご》を前にして無言で立ち尽《つ》くす。

こうして眺《なが》めていてもなんにもならないとわかっているが、手を伸《の》ばすことも背を向けることもできない。

すぐ傍《そば》にいるジズは、傍観《ぼうかん》に徹《てっ》することを決め込んでいるらしく、普段《ふだん》の饒舌《じょうぜつ》さが嘘《うそ》のように黙《だま》ったままだ。

恐《おそ》る恐る手を出しかけても、途中で引いてしまう。臆病《おくびょう》な自分にもどかしさが募《つの》るけれど、無駄《むだ》に時間だけが過ぎていく。

「小屋に入られても気づかないとは、珍しいな」

「っ！」

背後から低い声がかけられて、ビクリと身体《からだ》を震《ふる》わせた。慌《あわ》てて振《ふ》り向くと、馴染《なじ》みのある長身が扉《とびら》を開けて入ってくるところだった。

毛先部分が少しくすんだ金色の髪《かみ》が、屋外から差し込む陽《ひ》の光を反射している。

「アスラ……」

驚《おどろ》きのあまり、心臓が鼓動《こどう》を速めている。声をかけられるまで、アスラの訪問に気づかなかったのは失態だ。

いくら、この珍客《ちんきゃく》に気を取られていたとはいえ……。

「なにをぼんやりしている、ヤシャ。それは？」

アスラは不思議そうに問いながらヤシャに並んで、同じものを見下ろす。

籠の中にあるものを目にしたアスラが、どんな反応をするか端整《たんせい》な横顔を窺《うかが》うと、眉《まゆ》を顰《ひそ》めて困惑《こんわく》を漂《ただよ》わせた。

「こいつは……あれか」

「あれです」

ポツリとつぶやいたアスラに、再び視線を落としたヤシャも同じ言葉を返す。アスラには、多くを説明する必要はないはずだ。

しばらく言葉もなく肩を並べていると、机の端《はし》にいるジズが片方の羽を広げて、バサバサと風を送ってきた。

『二人とも、なにを呆《ほう》けている』

ハッとしたヤシャは髪を揺《ゆ》らす風に瞬《まばた》きをして、そろりとアスラを見上げる。アスラもこちらに目を向けたところだったらしく、視線が絡《から》んだ。

なにをどう言えばいいか、言葉を探すヤシャより先にアスラが口を開く。

「魔法遣《まほうつか》いの子というものは、なにを食うんだ？」

アスラの疑問に、ヤシャは緩《ゆる》く眉根を寄せる。

答えに困る質問だ。ヤシャにも、そのあたりはよくわからない。

「栄養摂取《せっしゅ》を目的とした食事は、不要です。……成体となれば、ですが。成育過程だと、どうでしょうね」

今のヤシャにとって、食事は必要不可欠なものではない。食感や甘味や酸味といったものを味わうだけの、嗜好品《しこうひん》だ。

ただし、幼少期は……なにかと口に入れていた記憶が、薄《うっす》らとある。

無意識にジズに、助けを求める目を向ける。一番近くで成長を見守ってくれていたジズは、きっとヤシャ自身よりも詳《くわ》しい。

ヤシャが余程《よほど》情けない顔をしていたのか、仕方なさそうに助言をくれる。

『幼いヤシャは、木の実や果実、人の好むパンも食していたぞ。ある程度育てば、好むものを自身で見つけてくるが……』

「果実でしたら、そこの実がちょうど熟《う》れ頃《ごろ》のはずです」

小屋のすぐ傍《そば》にある樹《き》に実が生《な》ったのは、新月の頃だった。月が満ちた今は、ちょうど熟れて果実が柔《やわ》らかく、更《さら》に甘くなっている。

窓の外を見ながら口にしたヤシャに、気配を殺してアスラの背後に控《ひか》えていたマスティマが応《こた》えた。

「いくつか採ってきます」

すぐさま身体の向きを変え、開けたままだった扉を出て行く。その背を見送ったアスラは、ヤシャができなかったことを躊躇《ためら》いなくやってのける。

「……柔らかいな。こうして見ると、人の子と変わらん」

人差し指の先で、白い頬《ほお》をつんつんと突《つつ》く。続いて止める間もなく髪を摘《つ》まみ、「ヤシャと揃《そろ》いの黒髪だな」と笑った。

「アスラっ。そんなに無造作に触《ふ》れて、大丈夫《だいじょうぶ》なんですか？　……ジズ」

アスラの腕《うで》を両手で摑《つか》んで制止すると、ジズに目を向ける。ヤシャの慌てようが可笑《おか》しかったらしく、ジズは『ククク』と首を上下させた。

『人の子のように見えても、人の子ではない。遥《はる》かに丈夫だ。多少手荒《てあら》に扱《あつか》ったところで、易々《やすやす》と壊《こわ》れたりせぬ』

「それは……そうかもしれませんが」

確かに、外見は人の子と見紛《みまが》うものだ。しかし、ジズが『見つけたぞ』と連れ帰ったのだから人の子ではない。

漆黒《しっこく》の髪に、今は瞼《まぶた》を閉じているから確かめようがないけれど、きっと髪と同じ黒々とした瞳《ひとみ》の色……魔族と人のあいだに生まれた稀有《けう》な存在。

「どこから連れてきた？　見ただけで『魔法遣い』だと、わかるものか？」

アスラの問いは、ヤシャの疑問でもある。

大きな籠は、早朝の散策に出たジズによって小屋へ持ち帰られた。籠の中で眠《ねむ》る赤子を前にして困惑するばかりのヤシャは、ろくに疑問をぶつけることもできなかったのだが、ジズはどこで見つけたのだろう。

隠《かく》すことではないらしく、ジズはすんなりと答えた。

『飛龍《ひりゅう》の谷の、崖上《がけうえ》だ。我が見つけるのがもう少し遅《おく》れていたら、強風に煽《あお》られて谷底に落ちていたかもしれん』

「飛龍の谷……そんなところで」

ヤシャは表情を曇《くも》らせて、その土地を思い浮かべる。

南にある地は、常に強い風が吹《ふ》き抜《ぬ》けることから、人が飛龍の谷と名付けた。そこの崖上に放置されていたのであれば、危険な状況《じょうきょう》だったと推測できる。ジズが語ったように、発見が遅《おそ》ければ谷底に落下していた可能性もある。

「捨てられていたのでしょうか」

しかも、谷底に落ちてしまってもいいとばかりに……敢《あ》えて危険な場所に。

ヤシャ自身も、森の外れに捨てられていたと聞いた。しかしこの赤子は、自分以上に生みの親に疎《うと》まれていたとしか思えない。

籠の中で健《すこ》やかに眠っている子は、『魔法遣い』という運命を背負わされていることなど知らない。

『場所が場所だからな。それ以外にない。人の子のように泣くこともなければ、乳を飲ませようとしても拒《こば》む。しかし衰弱《すいじゃく》するでもない。南の地で産んだのは人だろうから、普通《ふつう》ではない赤子をさぞかし持て余したことだろう』

身に宿した時は、我が子として育てるつもりだったはずだ。

しかし、いざ生まれてみると人の子とのあまりの違《ちが》いが恐ろしくなり、受け入れられずに手放すことを決めたに違いない。

かつての自分と重ねて見ているわけではないが、穏《おだ》やかな寝顔《ねがお》を目にすると複雑な思いが込み上げてくる。

『まずは、ヤシャ、其方《そなた》が名をつけろ』

赤子を見下ろしているヤシャに、ジズが予想もしていなかった言葉をかけた。

驚いて、赤子から目を離《はな》してジズを見遣《みや》る。

「名を？　私が、ですか？」

『当然だ。魔法遣いの後継《こうけい》だからな』

考えてもいなかった事態に困惑したが、命名も師としての役目だと言われてしまっては拒むことはできない。

この子に、ふさわしい名は……。

「そうですね……では、風に忌避《きひ》されるのではなく護《まも》られていたみたいなので、マルトと」

『暴風雨を司《つかさど》る神々の名だな。よき名だ。マルト！』

ようやく捻《ひね》り出した名に、ジズは翼《つばさ》を広げて歓声《かんせい》を上げた。ジズとヤシャのやり取りを聞いていたアスラも、「いいだろう」と微笑《びしょう》を浮《う》かべる。

「ヤシャ殿《どの》。こちらを」

「ああ……ありがとうございます、マスティマ。……あ」

外から戻《もど》ってきたマスティマから受け取ったばかりの果実を、隣《となり》に立つアスラの手に取り上げられる。

ヤシャの手では持て余すほど大きな果実なのだが、アスラの手が握《にぎ》っていれば小振《こぶ》りに見えるから不思議だ。

「俺が皮を剥《む》いて、実を割ってやろう」

「アスラの手を煩《わずら》わせることではありません」

「おまえに瓜二《うりふた》つだ。赤子のヤシャを見ているようで、構いたくなる」

マルトと名付けたばかりの子を見下ろしたアスラが、そう口にして嬉《うれ》しそうに笑うから、制止することができなくなった。

「籠《かご》から持ち上げても平気か」

「……私が」

小さな子を片手で掴み上げそうな気配を察して、ヤシャが両手で抱《だ》き上げる。

恐《おそ》る恐る……初めて腕に抱いた赤子からは、不思議な重みとぬくもりが伝わってきた。籠から抱き上げられたことで目を覚ましたのか、ぱちりと瞼を開いてヤシャを見る。

今、自分を抱いているのは誰《だれ》なのか、見極《みきわ》めるようにジッと見詰《みつ》められて居心地《いごこち》の悪さを感じる。

「見えているんですか？」

『無論、見えておるだろう。人の子よりずっと成長が速い。一日で成体になることもある魔族よりは、緩やかだろうが』

「頼《たよ》りないかもしれませんが、私はあなたの師となります。……危害を加えるつもりはありません」

告げたところで通じているか否《いな》かはわからないが、一応伝えてみる。

ヤシャを見上げる黒い瞳は真っ直《す》ぐで、自分に危険がないか疑って警戒《けいかい》している雰囲気《ふんいき》ではない。

これほど澄《す》んだ瞳で見詰められては、もしよからぬ考えを持っていたとしても手出しできなくなりそうだが。

「ほら、食ってみろ。……俺の指は齧《かじ》るなよ」

果実を剝いたアスラが、指先に摘まんだ欠片《かけら》をマルトの口元に差し出した。果実を六つほどに割ってあるとはいえ、それなりの大きさだ。

マルトの唇《くちびる》の端《はし》にポタリと雫《しずく》が落ち、それにつられたかのように小さな口を開ける。

ヤシャは、息を詰めてマルトを見詰める。吐《は》き出すことなく、もぐもぐと口を動かしているところを見ると、味に不満はなさそうだ。

「食べました……ね」

赤子には大きいのではないかというヤシャの不安をよそに、アスラの指が摘まんでいた欠片をすべて食べ切った。

「ははっ、俺の指まで食いそうな勢いだな。それに、牙《きば》……歯？　があるぞ。こんなにチビっこいのに」

『牙も歯もあろう。月が一巡《ひとめぐ》りする頃には、言葉も発するはずだ。そうすれば意思疎通《そつう》も容易になる。手がかかるのは、少しばかりだ』

ジズの言葉は、ヤシャにとって安堵《あんど》が込み上げるものだった。意思疎通ができないのは、不便だと思っていたのだ。

人の子の成長速度はよく知らないが、人と魔族《まぞく》のあいだに生まれた『魔法遣《まほうつか》い』は、きっと比較《ひかく》にならないほど速い。

「ふーん、面白《おもしろ》いな。俺も、育つのを傍《そば》で見ていよう」

不意にアスラが、予想もしていなかったことを言い出した。マルトを抱いたままのヤシャは、驚《おどろ》いて隣を見上げる。

「まさか、ここに居座るつもりですか？」

「当然だ。離れているあいだにこれほどまで育ったら、見逃《みのが》したことを悔《く》やむ。城にはマスティマがいればいい。なにかあれば、伝令を飛ばすだろう」

これほどまで、と言いながら自分の胸元《むなもと》を指し示すアスラに、まさかそれはないだろうと眉《まゆ》根《ね》を寄せる。

「それほど、急激に育つとは……」

「ないと、言い切れるか？」

「それは」

ない……とは思うが、『魔法遣い』の子と考えれば想定不可能だ。ジズも、人の子とも魔族とも違うと言っていた。

ヤシャが返答に詰まったところで、アスラは勝ちを決め込んだらしい。

「決まりだ。いいな、マルト？」

ヤシャの腕《うで》の中にいるマルトの頬《ほお》を軽く突《つつ》き、同意を求める。

赤子に尋《たず》ねたところで……とため息をついたヤシャは、マルトが小さくうなずいたように見えて目を瞬《しばたた》かせた。

今は頼りないばかりの赤子は、どんな速度で育つのだろう……？

□□□

アスラを受け入れたヤシャは、『魔法遣い』の資格を失ったはずだ。けれど、後継が未熟なことで『浄化の場《じょうか》』に立ち入ることを許されているのだろうか。

今日も、難なく入り口を探《さぐ》り当てることができた。

「ジズ、早く」

『待つのだ、マルト。走ると、また転ぶぞ』

忙《せわ》しない足音と羽音が、暗闇《くらやみ》の中を遠ざかる。洞窟《どうくつ》に入ってすぐのところで置き去りにされたヤシャの肩《かた》を、大きな手が抱いた。

「マルトの子守《こも》りはジズに任せて、俺たちはゆっくり向かおう」

「そうですね。まだ子とはいえ、あれほど落ち着きがなくて大丈夫《だいじょうぶ》でしょうか」

マルトの成長は速く、人の子だと五歳ほどの外見だ。自身が見聞きしたもの、ヤシャやジズ、アスラにマスティマまでもが教えたことすべてを吸収して記憶《きおく》していることから、知能的にはもっと育っているだろう。

「ヤシャも、あんな感じだったのかなー……と想像したら愉快《ゆかい》だ」

「私は、マルトより物静かな子だった……はずです」

森を駆《か》け回って草や泥《どろ》だらけになったり、小動物を捕《つか》まえて観察するために小屋に持ち帰ったり、なにかと騒《さわ》がしい。

ジズによれば、学習段階にあるのだから当然の行動らしい。目に映るものすべてに興味を持つのは、もうしばらくのあいだだけだと言うけれど、いつ落ち着くのやらとため息をつく日々だ。

「ジズが一番大変そうだな」

暗闇で顔は見えないが、アスラの声には笑《え》みが滲《にじ》んでいる。確かに、ジズがマルトの相手をしてくれているから、ヤシャは時おり静かな時を過ごせるのだ。

「マスティマも、よき教師のようですが」

「この前は、マスティマは口うるさいと逃《に》げていたぞ」

剣《けん》の手習いや、危険な魔族の見分け方などをマルトに教授してくれているマスティマには、感謝しかない。

マルトも、口うるさいなどと言いながらマスティマにはずいぶんと懐《なつ》いているように見える。

「……ここは、相変わらず眩《まぶ》しいな」

洞窟を抜《ぬ》けると、打って変わって光の溢《あふ》れる場に出る。これまでと変わらず清涼《せいりょう》な空気が満ち、澄んだ水が白い岩肌《いわはだ》を流れ落ちていた。

「マルトには、清浄な地ではもう少し静かにするよう言い含《ふく》めます」

マルトは滝壺《たきつぼ》から少し離《はな》れた水辺で、両手に水を掬《すく》ってはジズに向かって浴びせかけ、賑《にぎ》やかにはしゃいでいる。

ここがどれほど重要な『場』なのか、まだよくわかっていないのだから仕方がないとは思うが……頭が痛くなってきた。

「いずれ、教えずとも悟《さと》るだろう。ほら、見てみろ」

アスラが視線で指した先では、マルトがまたしても両手に水を掬い……滝の脇《わき》にある大樹へと歩み寄る。

ヤシャのいる場所からはハッキリ見えないが、樹《き》の根元に向かって水をかけているようだ。

ここの樹も、樹の根元にある若芽にも、水遣《みずや》りの必要はないのだけれど……。

「必要かどうかではなく、世話をしているつもりなんだろう」

「いずれ魔王となるものを、世話……ですか」

アスラと話しながら、大樹へ歩み寄る。マルトがヤシャとアスラを振《ふ》り返り、得意そうな顔で手を振った。

「水あげた。マスティマが、植物は水をあげると育つと言ってた」

「そうですね。……これは、なかなか育ちませんが」

見下ろした大樹の根元には、前回ここに来た時より少しだけ育った若芽がある。驚くほど成長速度が速いマルトとは正反対の、ゆっくりとした育ち方だ。

「まおう、早く生まれないかな。大きくなれー」

しゃがみ込んだマルトは、淡《あわ》い緑色の葉を指先でツンと突いて話しかけている。

初めてここに連れて来た日、いずれ花が咲《さ》いて実となり、魔王が誕生する……と説明してはあるが、マルトはよくわかっていない顔をしていた。

ヤシャの後継《こうけい》として『魔法遣い』となるマルトの口から、魔王の誕生を待ち侘《わ》びるような言葉が出るのは、複雑な気分だ。

日常的にアスラやマスティマと接しているせいで、魔族贔屓《びいき》の思考になっているのではないか？

魔法遣いは、人と魔族の中立でなければならない。そのことを、きちんと教え込まなければと決意を新たにする。

「それが育って、次世代の魔王が誕生したら、俺とヤシャは消えるぞ」

「えっ？」

ヤシャの隣《となり》に立ったアスラの言葉に、マルトは驚いた顔でパッと振り向く。

アスラが笑っていないことを確認《かくにん》して、ヤシャに目で「本当？」と尋ねてきた。

「それが理《ことわり》です」

「ことわり……」

「マルトと次世代の魔王《まおう》に、私とアスラの役割を引き継《つ》ぐのが世界との約束です。無事に引き継ぐことができれば、私とアスラはこの世界での役目を終えます」

静かに語るヤシャの言葉を黙《だま》って聞いていたマルトは、両手を身体《からだ》の脇で握《にぎ》り締《し》めて立ち上がった。

その顔を見れば、ギュッと唇《くちびる》を引き結んでなにかに耐《た》えているようだ。

しばらく無言で若芽を睨《にら》んでいたけれど、なにを思ったのか、突然《とつぜん》回れ右をして走り出す。

「マルト、どちらへ」

「もう、お水あげない。帰る」

振り返ってヤシャに答えたマルトは、外へ繋《つな》がる洞窟に向かって一目散に走って行ってしまった。

大樹の枝にとまっていたジズが飛び立ち、追いかけようとしたヤシャを制する。

『我が追う。ヤシャとアスラは、しばしここで寛《くつろ》ぐがいい』

「気が利《き》くな、ジズ」

アスラに肩を抱《だ》き寄せられ、一歩踏《ふ》み出した足を止めた。

マルトとジズが去ると、途端《とたん》に静寂《せいじゃく》が場を包む。規則正しく流れ落ちる滝の音だけが響《ひび》き、肩を抱くアスラの手がやけに気に障《さわ》る。

居心地《いごこち》の悪さに耐えられなくなり、さりげなく身体を離そうとしたヤシャを、アスラは見逃《みのが》してくれなかった。

「どうして離れようとする。せっかくジズがお膳立《ぜんだ》てしてくれた、二人だけの時間だ」

それが、落ち着かないのだ……と、口にすることはできない。アスラを必要以上に意識していると、自ら暴露《ばくろ》するのと同じだ。

気難しい顔で黙り込むしかないヤシャとは違《ちが》い、アスラは上機嫌《じょうきげん》だ。

「魔法遣《まほうつか》いの子が、これほど面白《おもしろ》いとはな。ヤシャとは違い、考えていることが表情に全部出ている。あれが、成長したら変わるのか？」

ヤシャとは違い、と言いながら髪《かみ》に触《ふ》れられる。意識的に無表情を繕《つくろ》うと、顔を背《そむ》けて言い返した。

「……知りません。マルトと違って鉄仮面の私は可愛《かわい》くないでしょうから、構ってもつまらないでしょう。手を離してください」

「嫌《いや》だ」

肩を抱くアスラの手を外させようとしたのに、ますます力を込めて引き寄せられてしまった。

腕力《わんりょく》では敵《かな》わないと思い知らされているようで、気分はよくない。

「アスラ……」

「ヤシャが可愛すぎて、離せないな」

わざとこちらの神経を逆撫《さかな》でしようとしているのか、と睨みつける。そうして睨んでも、アスラは笑みを消すことなくヤシャを見ていた。

滝の細かな水飛沫《みずしぶき》が金色の髪にかかり、キラキラと光り輝《かがや》いている。

「これが育つのに、どれくらいかかるのかわからんが……貴重な時間だ。ヤシャは、そう思わないのか？」

足元にある若芽は、ようやくいくつか若葉を出したところだ。茎《くき》を伸《の》ばし、蕾《つぼみ》をつけ、花を咲かせて実を生し……それにかかる時間は、歴代魔王すべてが異なるものだったのでヤシャにも読めない。

けれど、いつかその日がやって来ることは確実だ。

マルトに語った、自分たちの消滅《しょうめつ》の日までアスラと過ごすことができる時間は貴重なものだと……。

「思わない……わけでは、ありません」

答えたヤシャが身体から力を抜き、アスラから逃れようとすることを止《や》めたと伝わったに違いない。

アスラは、ヤシャの顔を自分に向けさせて唇を綻《ほころ》ばせた。

「マルトは可愛い。ヤシャに、よく似ているからな。でも、俺には、仏頂面《ぶっちょうづら》のヤシャが一番美しく、可愛く見える」

両手で頬《ほお》を包み込まれ、指先で耳元をくすぐられる。

慣れない感覚を上手《うま》く受け流せなくて、小さく身体を震《ふる》わせた。

「常々思っていたことですが……アスラの審美眼《しんびがん》は、少し変わっています。ご自身の煌《きら》びやかな容姿を見慣れているせいで正反対の地味なものが奇抜《きばつ》に映って、いいように感じるのでしょうか」

紫《むらさき》の瞳《ひとみ》は、少し色を落としているものの今でも十分美しい。端整《たんせい》な容貌《ようぼう》はそのままで、光を纏《まと》う髪も毛先のくすみなど物ともせず極上《ごくじょう》の輝きを放つ。

自分とは異なる特徴《とくちょう》のヤシャが、珍《めずら》しく見えているだけなのでは、という疑惑《ぎわく》は初対面から持ち続けているものだ。

賛美を否定するヤシャに、アスラはムッとした様子で眉《まゆ》を顰《ひそ》めた。

両手でヤシャの顔を固定したまま、コツンと軽く額を触れ合わせる。

「俺がそう思うのだから、ヤシャ自身であろうと否《いな》とは言わせん」

「ですが、ぁ……」

もうなにも言わせないと、言葉を封《ふう》じるように唇を重ねてくる。

片手でヤシャの後頭部を摑《つか》むようにして引き寄せ、もう片方の手で背中を抱き……アスラに強く抱き込まれたまま、身動《みじろ》ぎもできない。

瞼《まぶた》を閉じていても、頭上から降り注ぐ光を感じる。

清浄《せいじょう》な水の匂《にお》いと、岩肌《いわはだ》を落ちる滝《たき》の音……アスラの口づけも甘く、自分を取り巻くすべてのものが快くヤシャの思考を鈍《にぶ》らせる。

「ッ……ふ」

力の抜《ぬ》けた身体が頽《くずお》れないよう、力強く抱き寄せられた。唇のあいだからアスラの舌が忍《しの》び込んできて、口腔《こうこう》の粘膜《ねんまく》をじっくりとくすぐる。

誘《さそ》い出されてゆるく吸いつかれた舌が、痺《しび》れるように甘く、熱く……震える手でアスラの肩《かた》に縋《すが》りついた。

「ン、ぁ……アスラ、ッ、待ってくださ……い」

ヤシャが身を捩《よじ》ったせいか、背中を抱くアスラの手が更《さら》に力強くなる。その手の熱が、薄《うす》い布越しに伝わってくる。

「何故《なぜ》？　ヤシャと俺と、二人だけだ」

「ですが、ッん……ぁ」

制止を咎《とが》めるように耳朶《じだ》に齧《かじ》りつかれて、肩を強張《こわば》らせた。

痛いという感覚はなく、甘い痺れが広がる。息苦しいほど抱き締められても、心地《ここち》よい苦痛に変換《へんかん》されて戸惑《とまど》いが増した。

「ここは、初めてヤシャを腕《うで》に抱いた特別な場でもある。約束を憶《おぼ》えているか？」

「忘れるわけ、ないでしょう」

抗議《こうぎ》を込めて、アスラの背中を拳《こぶし》で叩《たた》いた。

いくら身を焦《こ》がすような熱の嵐《あらし》に耽溺《たんでき》していたとはいえ、互《たが》いのことだけを目に映して肌《はだ》の熱さを全身で感じたあの時間を、忘れられるわけがない。

アスラは、

「俺のすべてを、ヤシャに捧《ささ》ぐ。だから、終わりの日まで俺の傍《そば》にいてくれ」

と懇願《こんがん》し、ヤシャは、

「残された日々は、アスラのために」

そう約束した。

ここでヤシャは、『魔法遣い』という立場を捨ててアスラと共に在ることを選んだのだ。

「心も、あの時のままです」

「ああ……知ってる。ヤシャの目は、魔眼に魅了《みりょう》されたものとは違う。『魔王』ではなく、俺を見ている」

親指の腹で軽く目尻《めじり》を擦《さす》られて、視線を逃《に》がした。

そうだ。アスラが自分に固執《こしつ》していたのは、魔眼に魅了されず容易《たやす》く落とせないから、だった。

種明かしをしていなかったと、今更ながら思い至る。

「アスラの魔眼が効かないのは、『魔法遣い』だから……です。私が、特別なわけではありません。事実を知り、幻滅《げんめつ》しましたか？」

自分の思い通りにならないから、執着《しゅうちゃく》している気になっているだけだろうと突《つ》きつけたヤシャに、アスラは「試《ため》してみろ」と言ったのだ。

一度腕に抱き、気が済むかどうか……そうではないことを証明すると言い、言葉に偽《いつわ》りはなかったことをヤシャに教えてくれている。

だからきっと、種明かしをしたところで無意味だとは思うが、これは隠《かく》していたというヤシャ自身の罪悪感を薄くするための利己的な告白だ。

「俺に黙《だま》っていたのは、魔眼が効かない理由を知った俺が、ヤシャへの興味を失うのではないかと恐《おそ》れたから……ではないか？　熱烈《ねつれつ》に愛を告げられている気分だな」

嬉《うれ》しそうに弾《はず》む声で、ヤシャ自身も目を背けていた心の内を容赦《ようしゃ》なく暴《あば》かれる。

そうだ。ヤシャは、興味を失ったアスラが挨拶《あいさつ》のように口説いてこなくなることを、無意識に恐れていた。

なにも言えないヤシャと視線を絡《から》ませたアスラは、ジッと目を覗《のぞ》き込んでくる。希少な宝石を思わせる紫の瞳に、吸い込まれそうだ。

「今は？　もう『魔法遣い』ではないのだろう？」

「今は……ません」

手のひらを向けてアスラの視線を遮《さえぎ》ると、顔を背《そむ》けてポツリと口にする。

この瞳を綺麗《きれい》だと感じるのは、初めて顔を合わせた日も今も同じだ。心臓が、奇妙《きみょう》に鼓動《こどう》を速くするのは……。

「ん？　なんと言った？」

聞き取れなかったぞ、とアスラの手に背けた顔を戻《もど》される。再び視線を絡ませたアスラに、ヤシャは頬が熱くなるのを感じながら言い放った。

「心臓が苦しいのは、魔眼《まがん》の魔力のせいなのか、私自身の問題なのか……わからないと言ったのです。背を向けていても、アスラの気配が近くにあるだけで、落ち着かない気分になりますから」

言ってしまった、と唇《くちびる》を噛《か》む。顔がどんどん熱くなり、このままでは火を噴《ふ》いてしまうのではないかと怖《こわ》くなる。

なにがあっても、どんな時でも平静であろうと努めるヤシャの心を乱すのは、アスラだけだ。拳を握《にぎ》って小さく身体《からだ》を震わせるヤシャに、アスラは無言で……無反応なのは怖い。

視線だけでそろりと窺《うかが》うと、唐突《とうとつ》に両腕《りょううで》の中へ抱《だ》き締《し》められた。

「アスラ？」

「可愛《かわい》すぎて、声も出なかったぞ。このまま動くことを忘れて石になるかと思った」

「大袈裟《おおげさ》な……」

それほど歓喜《かんき》されることかと、アスラの腕の中で苦笑《くしょう》を滲《にじ》ませた。

でも、呆《あき》れられなかった。自分でも捻《ひね》くれていると思うのに、アスラは可愛いと言ってくれるのか。

「マルトは、ジズとマスティマに任せておけばいい。俺たちは、もうしばし蜜月《みつげつ》の続きだ。異論は？」

「……ありません」

たまには素直《すなお》になるべきかと、アスラに同意をして笑いかけた。

一瞬《いっしゅん》、驚《おどろ》きの表情を見せたアスラは輝《かがや》くような笑顔《えがお》になり、唇を触《ふ》れ合わせてくる。

ヤシャは、甘美《かんび》な口づけを受け止めながらそっと手を上げて、その背中を抱き返した。

あとがき

こんにちは、または初めまして。真崎《まさき》ひかると申します。この度《たび》は『魔法遣《まほうつか》いは魔王《まおう》の蜜愛《みつあい》に篭絡《ろうらく》される』をお手に取ってくださり、ありがとうございました。

魔王と魔法遣いの組み合わせですが、ほぼ魔法を使わない似非《えせ》魔法遣いです、と自己申告いたします。そして、魔王はなんちゃって魔王です……。

こんなファンタジーもどきですが、明神翼《みょうじんつばさ》先生がうっとりするほど綺麗《きれい》&格好いいビジュアルをくださいましたので、イラストで世界観を楽しんでいただけると幸いです。髪《かみ》の色や長さが途中《とちゅう》で何度も変わるという面倒《めんどう》なものを、どのシーンも美麗《びれい》に描《か》いてくださり本当にありがとうございました。いつもイメージピッタリで、惚《ほ》れ惚《ぼ》れします！

今回から担当してくださったI様には、初《しょ》っ端《ぱな》からとてつもないご迷惑《めいわく》とご心労をおかけして申し訳ございませんでした。ありがとうございます。諸々《もろもろ》立て直していきたいと思います。

駆《か》け足ですが、失礼します。ファンタジーを名乗るのは図々《ずうずう》しい一冊ですが、ほんの少しでも楽しんでいただけると、なによりの幸せです。また、どこかでお逢《あ》いできますように。

二〇二三年　今夏は酷暑《こくしょ》を回避《かいひ》できますように　真崎ひかる

KADOKAWA
RUBY BUNKO

魔《ま》法《ほう》遣《つか》いは魔《ま》王《おう》の蜜《みつ》愛《あい》に篭《ろう》絡《らく》される

真《ま》崎《さき》ひかる

角川ルビー文庫　23650

2023年6月1日　初版発行

発行者——山下直久
発　行——株式会社KADOKAWA
〒102-8177　東京都千代田区富士見2-13-3
電話 0570-002-301(ナビダイヤル)
印刷所——株式会社暁印刷
製本所——本間製本株式会社
装幀者——鈴木洋介

●お問い合わせ
https://www.kadokawa.co.jp/ (「お問い合わせ」へお進みください)
※内容によっては、お答えできない場合があります。
※サポートは日本国内のみとさせていただきます。
※Japanese text only

ISBN978-4-04-113642-3　C0193　定価はカバーに表示してあります。

◇◇◇